Die Verwandlung
La metamorfosis

Franz Kafka

Die Verwandlung
La metamorfosis

Texto paralelo bilingüe
Zweisprachige Ausgabe

Alemán - Español
Deutsch - Spanisch

texto en español, traducido del alemán por Guillermo Tirelli

Rosetta Edu

Título original: *Die Verwandlung*

Primera publicación: 1915

Ilustración de tapa: M.C. Escher, Mobius Strip II, 1963.

Primera edición: Julio 2023

Publicado por Rosetta Edu
Londres, Julio 2023
www.rosettaedu.com

ISBN: 978-1-915088-98-7

Páginas enfrentadas

Páginas enfrentadas de la traducción y texto original en libros impresos.

Párrafos alineados en libros impresos

En libros impresos, los párrafos alineados entre los dos idiomas facilitan la comparación y la comprensión, ahorrando la necesidad de referirse constantemente al diccionario.

Párrafos enlazados en libros electrónicos

En libros electrónicos la comparación y la comprensión son facilitadas por citas al pie colocadas al principio de cada párrafo enlazando el texto en el idioma original y su traducción.

Integridad y fidelidad

Traducciones íntegras, fieles y no abreviadas del texto original.

Cuidado del vocabulario

Traducciones especiales para ediciones bilingües, con especial cuidado por la hegemonía de vocabulario utilizando glosarios en el proceso de traducción.

Contexto educativo

Ediciones enfocadas a estudiantes intermedios y avanzados del idioma original del texto en libros coleccionables y aptos para el contexto educativo.

INDICE

I.

Als Gregor Samsa eines Morgens aus unruhigen Träumen erwachte, fand er sich in seinem Bett zu einem ungeheueren Ungeziefer verwandelt. Er lag auf seinem panzerartig harten Rücken und sah, wenn er den Kopf ein wenig hob, seinen gewölbten, braunen, von bogenförmigen Versteifungen geteilten Bauch, auf dessen Höhe sich die Bettdecke, zum gänzlichen Niedergleiten bereit, kaum noch erhalten konnte. Seine vielen, im Vergleich zu seinem sonstigen Umfang kläglich dünnen Beine flimmerten ihm hilflos vor den Augen.

»Was ist mit mir geschehen?« dachte er. Es war kein Traum. Sein Zimmer, ein richtiges, nur etwas zu kleines Menschenzimmer, lag ruhig zwischen den vier wohlbekannten Wänden. Über dem Tisch, auf dem eine auseinandergepackte Musterkollektion von Tuchwaren ausgebreitet war – Samsa war Reisender –, hing das Bild, das er vor kurzem aus einer illustrierten Zeitschrift ausgeschnitten und in einem hübschen, vergoldeten Rahmen untergebracht hatte. Es stellte eine Dame dar, die, mit einem Pelzhut und einer Pelzboa versehen, aufrecht dasaß und einen schweren Pelzmuff, in dem ihr ganzer Unterarm verschwunden war, dem Beschauer entgegenhob.

Gregors Blick richtete sich dann zum Fenster, und das trübe Wetter – man hörte Regentropfen auf das Fensterblech aufschlagen – machte ihn ganz melancholisch. »Wie wäre es, wenn ich noch ein wenig weiterschliefe und alle Narrheiten vergäße,« dachte er, aber das war gänzlich undurchführbar, denn er war gewöhnt, auf der rechten Seite zu schlafen, konnte sich aber in seinem gegenwärtigen Zustand nicht in diese Lage bringen. Mit welcher Kraft er sich auch auf die rechte Seite warf, immer wieder schaukelte er in die Rückenlage zurück. Er versuchte es wohl hundertmal, schloß die Augen, um die zappelnden Beine nicht sehen zu müssen, und ließ erst ab, als er in der Seite einen noch nie gefühlten, leichten, dumpfen Schmerz zu fühlen begann.

»Ach Gott,« dachte er, »was für einen anstrengenden Beruf habe ich gewählt! Tag aus, Tag ein auf der Reise. Die geschäftlichen Aufregungen sind viel größer, als im eigentlichen Geschäft zu Hause, und außerdem ist mir noch diese Plage des Reisens auferlegt, die Sorgen um die Zuganschlüsse, das unregelmäßige, schlechte Essen, ein immer wechselnder, nie andauernder, nie herzlich werdender menschlicher Verkehr. Der

I

Cuando Gregor Samsa despertó una mañana de sus sueños agitados se encontró en su cama transformado en una monstruosa alimaña. Estaba tendido sobre su espalda dura como una armadura y, al levantar un poco la cabeza, vio su vientre abultado y moreno dividido por unos rígidos arcos, a cuya altura la colcha, a punto de deslizarse por completo, apenas podía mantenerse. Sus numerosas patas, lastimosamente delgadas en comparación con su otra corpulencia, se agitaban impotentes ante sus ojos.

«¿Qué me ha pasado?», pensó. No era un sueño. Su habitación, una verdadera habitación para humanos, sólo que un poco pequeña, reposaba tranquilamente entre las cuatro paredes conocidas. Sobre la mesa, en la que estaba extendido un muestrario de tejidos —Samsa era viajante—, colgaba la fotografía que recientemente había recortado de una revista ilustrada y colocado en un bonito marco dorado. Representaba a una dama, con un gorro de piel y una boa de piel, que estaba sentada con la espalda recta y levantaba hacia el espectador un pesado manguito de piel en el que había desaparecido todo su antebrazo.

La mirada de Gregor se desvió entonces hacia la ventana y el mal tiempo —se oían las gotas de lluvia golpeando la chapa de la ventana— le puso bastante melancólico. «¿Qué tal si durmiera un poco más y olvidara todas estas tonterías?», pensó, pero esto era del todo impracticable, pues estaba acostumbrado a dormir sobre su lado derecho, pero no podía ponerse en esa posición en su estado actual. Por más fuerza que hiciera para echarse sobre su lado derecho volvía a balancearse hasta quedar boca arriba. Debió de intentarlo un centenar de veces —cerró los ojos para no tener que ver las patas que se retorcían— y sólo se rindió cuando empezó a sentir un dolor ligero y sordo, que nunca antes había sentido, en el costado.

«¡Oh Dios!», pensó, «¡qué trabajo tan agotador he elegido! De viaje día de por medio. Las preocupaciones son mucho mayores que teniendo un negocio en la casa y encima tengo este fastidio de viajar y tengo que preocuparme por las conexiones de los trenes, la comida irregular y mala, un trato humano siempre cambiante, nunca duradero, nunca cordial. ¡Al diablo con todo!». Sintió un ligero picor

Teufel soll das alles holen!« Er fühlte ein leichtes Jucken oben auf dem Bauch; schob sich auf dem Rücken langsam näher zum Bettpfosten, um den Kopf besser heben zu können; fand die juckende Stelle, die mit lauter kleinen weißen Pünktchen besetzt war, die er nicht zu beurteilen verstand; und wollte mit einem Bein die Stelle betasten, zog es aber gleich zurück, denn bei der Berührung umwehten ihn Kälteschauer.

Er glitt wieder in seine frühere Lage zurück. »Dies frühzeitige Aufstehen«, dachte er, »macht einen ganz blödsinnig. Der Mensch muß seinen Schlaf haben. Andere Reisende leben wie Haremsfrauen. Wenn ich zum Beispiel im Laufe des Vormittags ins Gasthaus zurückgehe, um die erlangten Aufträge zu überschreiben, sitzen diese Herren erst beim Frühstück. Das sollte ich bei meinem Chef versuchen; ich würde auf der Stelle hinausfliegen. Wer weiß übrigens, ob das nicht sehr gut für mich wäre. Wenn ich mich nicht wegen meiner Eltern zurückhielte, ich hätte längst gekündigt, ich wäre vor den Chef hingetreten und hätte ihm meine Meinung von Grund des Herzens aus gesagt. Vom Pult hätte er fallen müssen! Es ist auch eine sonderbare Art, sich auf das Pult zu setzen und von der Höhe herab mit dem Angestellten zu reden, der überdies wegen der Schwerhörigkeit des Chefs ganz nahe herantreten muß. Nun, die Hoffnung ist noch nicht gänzlich aufgegeben, habe ich einmal das Geld beisammen, um die Schuld der Eltern an ihn abzuzahlen – es dürfte noch fünf bis sechs Jahre dauern –, mache ich die Sache unbedingt. Dann wird der große Schnitt gemacht. Vorläufig allerdings muß ich aufstehen, denn mein Zug fährt um fünf.«

Und er sah zur Weckuhr hinüber, die auf dem Kasten tickte. »Himmlischer Vater!« dachte er, Es war halb sieben Uhr, und die Zeiger gingen ruhig vorwärts, es war sogar halb vorüber, es näherte sich schon dreiviertel. Sollte der Wecker nicht geläutet haben? Man sah vom Bett aus, daß er auf vier Uhr richtig eingestellt war; gewiß hatte er auch geläutet. Ja, aber war es möglich, dieses möbelerschütternde Läuten ruhig zu verschlafen? Nun, ruhig hatte er ja nicht geschlafen, aber wahrscheinlich desto fester. Was aber sollte er jetzt tun? Der nächste Zug ging um sieben Uhr; um den einzuholen, hätte er sich unsinnig beeilen müssen, und die Kollektion war noch nicht eingepackt, und er selbst fühlte sich durchaus nicht besonders frisch und beweglich. Und selbst wenn er den Zug einholte, ein Donnerwetter des Chefs war nicht zu vermeiden, denn der Geschäftsdiener hatte beim Fünfuhrzug gewartet und die Meldung von seiner Versäumnis längst erstattet. Es war

en la parte superior del estómago; se acercó lentamente a la pata de la cama por la espalda para poder levantar mejor la cabeza; encontró el punto de picor, que estaba cubierto de montones de puntitos blancos que no sabía cómo juzgar; y quiso palpar la mancha con una pata, pero la retiró inmediatamente, porque unos escalofríos le recorrieron al tocarla.

Volvió a colocarse en su posición anterior. «Este levantarse temprano», pensó, «lo vuelve a uno bastante estúpido. Uno debe dormir. Otros viajantes viven como mujeres de harén. Por ejemplo, cuando vuelvo a la posada por la mañana para anotar los encargos que me han hecho, estos señores apenas se han sentado a desayunar. Si intentara eso con mi jefe me echarían en el acto. Por cierto, quién sabe si eso no sería en realidad muy bueno para mí. Si no me hubiera contenido a causa de mis padres habría renunciado hace tiempo, me habría puesto delante del jefe y le habría dicho mi opinión desde el fondo de mi corazón. ¡Se habría caído del escritorio! También es curioso como se sienta en el escritorio y habla con los empleados desde cierta altura y, además, uno tiene que acercarse mucho debido a la pérdida de audición del jefe. Bueno, aún no he perdido toda esperanza, en cuanto reúna el dinero para saldar la deuda de mis padres con él —probablemente tardaré otros cinco o seis años— lo haré sin falta. Entonces el corte será definitivo. De momento, sin embargo, tengo que levantarme, porque mi tren sale a las cinco».

Y miró el reloj despertador que hacía tictac en la caja. «¡Dios mío!», pensó, eran las seis y media, y las manecillas avanzaban tranquilamente, incluso habían pasado las y media, ya se acercaban a los tres cuartos. ¿No habría sonado el despertador? Desde la cama se podía ver que estaba correctamente puesto para las cuatro; sin duda había sonado como debido. Sí, pero ¿era posible quedarse dormido con el timbre que tiene y que sacude hasta los muebles? Bueno, no había dormido plácidamente, pero probablemente sí profundamente. Pero, ¿qué debía hacer ahora? El próximo tren salía a las siete; para alcanzarlo tendría que darse prisa como loco, y el muestrario aún no estaba empacado, y él mismo no se sentía especialmente fresco y ágil. E, incluso si alcanzaba el tren, no podría evitarse la bronca del jefe, porque el ayudante del trabajo debía haber estado esperando en el tren de las cinco y hacía tiempo que

eine Kreatur des Chefs, ohne Rückgrat und Verstand. Wie nun, wenn er sich krank meldete? Das wäre aber äußerst peinlich und verdächtig, denn Gregor war während seines fünfjährigen Dienstes noch nicht einmal krank gewesen. Gewiß würde der Chef mit dem Krankenkassenarzt kommen, würde den Eltern wegen des faulen Sohnes Vorwürfe machen und alle Einwände durch den Hinweis auf den Krankenkassenarzt abschneiden, für den es ja überhaupt nur ganz gesunde, aber arbeitsscheue Menschen gibt. Und hätte er übrigens in diesem Falle so ganz unrecht? Gregor fühlte sich tatsächlich, abgesehen von einer nach dem langen Schlaf wirklich überflüssigen Schläfrigkeit, ganz wohl und hatte sogar einen besonders kräftigen Hunger.

Als er dies alles in größter Eile überlegte, ohne sich entschließen zu können, das Bett zu verlassen – gerade schlug der Wecker dreiviertel sieben – klopfte es vorsichtig an die Tür am Kopfende seines Bettes. »Gregor,« rief es – es war die Mutter –, »es ist dreiviertel sieben. Wolltest du nicht wegfahren?« Die sanfte Stimme! Gregor erschrak, als er seine antwortende Stimme hörte, die wohl unverkennbar seine frühere war, in die sich aber, wie von unten her, ein nicht zu unterdrückendes, schmerzliches Piepsen mischte, das die Worte förmlich nur im ersten Augenblick in ihrer Deutlichkeit beließ, um sie im Nachklang derart zu zerstören, daß man nicht wußte, ob man recht gehört hatte. Gregor hatte ausführlich antworten und alles erklären wollen, beschränkte sich aber bei diesen Umständen darauf, zu sagen: »Ja, ja, danke, Mutter, ich stehe schon auf.« Infolge der Holztür war die Veränderung in Gregors Stimme draußen wohl nicht zu merken, denn die Mutter beruhigte sich mit dieser Erklärung und schlürfte davon. Aber durch das kleine Gespräch waren die anderen Familienmitglieder darauf aufmerksam geworden, daß Gregor wider Erwarten noch zu Hause war, und schon klopfte an der einen Seitentür der Vater, schwach, aber mit der Faust. »Gregor, Gregor,« rief er, »was ist denn?« Und nach einer kleinen Weile mahnte er nochmals mit tieferer Stimme: »Gregor! Gregor!« An der anderen Seitentür aber klagte leise die Schwester: »Gregor? Ist dir nicht wohl? Brauchst du etwas?« Nach beiden Seiten hin antwortete Gregor: »Bin schon fertig,« und bemühte sich, durch die sorgfältigste Aussprache und durch Einschaltung von langen Pausen zwischen den einzelnen Worten seiner Stimme alles Auffallende zu nehmen. Der Vater kehrte auch zu seinem Frühstück zurück, die Schwester aber flüsterte: »Gregor, mach auf, ich beschwöre dich.« Gregor aber dachte gar nicht

debía haber informado sobre su ausencia. Era una criatura del jefe, sin espina dorsal ni sentido común. ¿Qué tal si ahora llamaba para decir que estaba enfermo? Pero eso sería extremadamente embarazoso y sospechoso, porque Gregor nunca había estado enfermo en sus cinco años de servicio. Seguramente el jefe vendría con el médico del seguro, reprocharía a los padres por culpa del hijo vago que tienen y cortaría toda objeción remitiéndose al médico del seguro, para quien sólo hay personas muy sanas, pero que no quieren trabajar, en primer lugar. ¿Y estaría, por cierto, tan completamente equivocado en este caso? En realidad, Gregor se sentía bastante bien, aparte de una somnolencia realmente superflua tras el largo sueño e incluso tenía un hambre particularmente intensa.

Mientras pensaba todo esto apresuradamente, incapaz de decidirse a levantarse de la cama —el despertador acababa de dar las siete menos cuarto— se oyó un suave golpe en la puerta, cerca de la cabecera de su cama. «Gregor», llamaba —era la madre—, «son las siete menos cuarto. ¿No te has ido?». ¡La suave voz! Gregor se sobresaltó al oír su voz al responder, que era inconfundiblemente su voz de antes, pero que se mezclaba, como si viniera de abajo, con un pitido insoportable, doloroso, que literalmente sólo en un primer momento dejaba salir las palabras con toda su claridad, para destruirlas luego con un eco, de tal manera que uno no sabía si había oído bien. Gregor había querido contestar por extenso y explicarlo todo, pero dadas las circunstancias se limitó a decir: «Sí, sí, gracias, madre, ya me levanto». Debido a la puerta de madera, probablemente no se notó el cambio de voz de Gregor en el exterior, porque la madre se calmó con esta explicación y se fue arrastrando los pies. Pero la breve conversación había alertado a los demás miembros de la familia del hecho de que, en contra de lo esperado, Gregor seguía en casa, y ya su padre estaba llamando a una de las puertas laterales, débilmente pero con el puño. «Gregor, Gregor», llamó, «¿qué pasa?». Y al cabo de un rato volvió a increpar con voz más grave: «¡Gregor! ¡Gregor!». Pero en la puerta del otro lado la hermana lamentó en voz baja: «¿Gregor? ¿Te encuentras mal? ¿Necesitas algo?». A ambos, Gregor respondió: «Ya estoy listo», y trató de quitar todo lo llamativo de su voz mediante la pronunciación más cuidadosa y la inserción de largas pausas entre cada palabra. El padre volvió a su desayuno, pero la hermana susurró: «Gregor, abre, te lo imploro». Gregor, sin embargo, ni siquiera pensó en abrir

daran aufzumachen, sondern lobte die vom Reisen her übernommene Vorsicht, auch zu Hause alle Türen während der Nacht zu versperren.

Zunächst wollte er ruhig und ungestört aufstehen, sich anziehen und vor allem frühstücken, und dann erst das Weitere überlegen, denn, das merkte er wohl, im Bett würde er mit dem Nachdenken zu keinem vernünftigen Ende kommen. Er erinnerte sich, schon öfters im Bett irgendeinen vielleicht durch ungeschicktes Liegen erzeugten, leichten Schmerz empfunden zu haben, der sich dann beim Aufstehen als reine Einbildung herausstellte, und er war gespannt, wie sich seine heutigen Vorstellungen allmählich auflösen würden. Daß die Veränderung der Stimme nichts anderes war als der Vorbote einer tüchtigen Verkühlung, einer Berufskrankheit der Reisenden, daran zweifelte er nicht im geringsten.

Die Decke abzuwerfen war ganz einfach; er brauchte sich nur ein wenig aufzublasen und sie fiel von selbst. Aber weiterhin wurde es schwierig, besonders weil er so ungemein breit war. Er hätte Arme und Hände gebraucht, um sich aufzurichten; statt dessen aber hatte er nur die vielen Beinchen, die ununterbrochen in der verschiedensten Bewegung waren und die er überdies nicht beherrschen konnte. Wollte er eines einmal einknicken, so war es das erste, daß er sich streckte; und gelang es ihm endlich, mit diesem Bein das auszuführen, was er wollte, so arbeiteten inzwischen alle anderen, wie freigelassen, in höchster, schmerzlicher Aufregung. »Nur sich nicht im Bett unnütz aufhalten,« sagte sich Gregor.

Zuerst wollte er mit dem unteren Teil seines Körpers aus dem Bett hinauskommen, aber dieser untere Teil, den er übrigens noch nicht gesehen hatte und von dem er sich auch keine rechte Vorstellung machen konnte, erwies sich als zu schwer beweglich; es ging so langsam; und als er schließlich, fast wild geworden, mit gesammelter Kraft, ohne Rücksicht sich vorwärtsstieß, hatte er die Richtung falsch gewählt, schlug an den unteren Bettpfosten heftig an, und der brennende Schmerz, den er empfand, belehrte ihn, daß gerade der untere Teil seines Körpers augenblicklich vielleicht der empfindlichste war.

Er versuchte es daher, zuerst den Oberkörper aus dem Bett zu bekommen, und drehte vorsichtig den Kopf dem Bettrand zu. Dies gelang auch

la puerta, sino que alabó la precaución que había adoptado en sus viajes de cerrar con llave todas las puertas, incluso de la casa, durante la noche.

Primero quería levantarse tranquilamente y, sin ser molestado, vestirse y, sobre todo, desayunar, y sólo después pensar qué hacer a continuación, porque se daba cuenta de que no podría llegar a una conclusión sensata en la cama. Recordaba que a menudo había sentido un ligero dolor estando en cama, tal vez causado por una mala postura al acostarse, que resultaba ser pura imaginación cuando se levantaba, y tenía curiosidad por ver cómo se disolvían poco a poco sus ideas actuales. No dudaba lo más mínimo de que el cambio en su voz no era más que el presagio de un fuerte resfriado, una enfermedad profesional de los viajantes.

Fue bastante fácil deshacerse de la manta; sólo tuvo que inflarse un poco y se cayó sola. Pero todo seguía siendo difícil, sobre todo porque él era increíblemente ancho. Habría necesitado brazos y manos para levantarse, pero en su lugar sólo tenía sus numerosas patitas, que estaban en constante movimiento y que, además, no podía controlar. Si quería doblar una pierna lo primero que hacía era estirarla y, si por fin lograba hacer lo que quería con esa pierna, mientras tanto todas las demás, como liberadas, se movían en la más alta y dolorosa excitación. «No te quedes inútilmente en la cama», se dijo Gregor.

Al principio quiso salir de la cama con la parte inferior de su cuerpo, pero esta parte inferior, que, por cierto, aún no había visto y de la que no tenía ninguna idea real, resultó demasiado difícil de mover; iba muy despacio; y cuando por fin, casi salvajemente, se impulsó hacia delante reuniendo fuerzas, sin ninguna otra consideración, había elegido la dirección equivocada y golpeó violentamente los postes inferiores de la cama; el ardiente dolor que sintió le enseñó que la parte inferior de su cuerpo era quizá la más sensible en ese momento.

Por lo tanto, intentó sacar primero la parte superior del cuerpo de la cama y giró con cuidado la cabeza hacia el borde de la cama. Esto

leicht, und trotz ihrer Breite und Schwere folgte schließlich die Körpermasse langsam der Wendung des Kopfes. Aber als er den Kopf endlich außerhalb des Bettes in der freien Luft hielt, bekam er Angst, weiter auf diese Weise vorzurücken, denn wenn er sich schließlich so fallen ließ, mußte geradezu ein Wunder geschehen wenn der Kopf nicht verletzt werden sollte. Und die Besinnung durfte er gerade jetzt um keinen Preis verlieren; lieber wollte er im Bett bleiben.

Aber als er wieder nach gleicher Mühe aufseufzend so dalag wie früher, und wieder seine Beinchen womöglich noch ärger gegeneinander kämpfen sah und keine Möglichkeit fand, in diese Willkür Ruhe und Ordnung zu bringen, sagte er sich wieder, daß er unmöglich im Bett bleiben könne und daß es das Vernünftigste sei, alles zu opfern, wenn auch nur die kleinste Hoffnung bestünde, sich dadurch vom Bett zu befreien. Gleichzeitig aber vergaß er nicht, sich zwischendurch daran zu erinnern, daß viel besser als verzweifelte Entschlüsse ruhige und ruhigste Überlegung sei. In solchen Augenblicken richtete er die Augen möglichst scharf auf das Fenster, aber leider war aus dem Anblick des Morgennebels, der sogar die andere Seite der engen Straße verhüllte, wenig Zuversicht und Munterkeit zu holen. »Schon sieben Uhr,« sagte er sich beim neuerlichen Schlagen des Weckers, »schon sieben Uhr und noch immer ein solcher Nebel.« Und ein Weilchen lang lag er ruhig mit schwachem Atem, als erwarte er vielleicht von der völligen Stille die Wiederkehr der wirklichen und selbstverständlichen Verhältnisse.

Dann aber sagte er sich: »Ehe es einviertel acht schlägt, muß ich unbedingt das Bett vollständig verlassen haben. Im übrigen wird auch bis dahin jemand aus dem Geschäft kommen, um nach mir zu fragen, denn das Geschäft wird vor sieben Uhr geöffnet.« Und er machte sich nun daran, den Körper in seiner ganzen Länge vollständig gleichmäßig aus dem Bett hinauszuschaukeln. Wenn er sich auf diese Weise aus dem Bett fallen ließ, blieb der Kopf, den er beim Fall scharf heben wollte, voraussichtlich unverletzt. Der Rücken schien hart zu sein; dem würde wohl bei dem Fall auf den Teppich nichts geschehen. Das größte Bedenken machte ihm die Rücksicht auf den lauten Krach, den es geben müßte und der wahrscheinlich hinter allen Türen wenn nicht Schrecken, so doch Besorgnisse erregen würde. Das mußte aber gewagt werden.

Als Gregor schon zur Hälfte aus dem Bette ragte – die neue Methode

también lo consiguió fácilmente y, a pesar de su anchura y pesadez, finalmente la masa corporal siguió lentamente el giro de la cabeza. Pero cuando por fin sostuvo la cabeza fuera de la cama, colgando, tuvo miedo de seguir avanzando de este modo pues, cuando por fin se dejara caer, tenía que ocurrir un milagro si no quería que la cabeza se lesionara. Y, a cualquier precio, no podía perder el sentido; prefería quedarse en cama.

Pero cuando, tras el esfuerzo, volvió a tumbarse suspirando como antes y volvió a ver sus patitas luchando entre sí, tal vez incluso peor, y no encontró ninguna manera de poner paz y orden en aquella arbitrariedad, volvió a decirse a sí mismo que era imposible quedarse en cama y que lo más sensato era sacrificarlo todo por la más mínima esperanza de liberarse de la cama al hacerlo. Al mismo tiempo, sin embargo, no dejó de recordarse a sí mismo que la reflexión tranquila y sosegada era mucho mejor que las resoluciones desesperadas. En esos momentos fijó sus ojos lo más agudamente posible en la ventana, pero desgraciadamente era poca la confianza o la alegría que se podía obtener de la visión de la niebla matinal que envolvía incluso el otro lado de la estrecha calle. «Ya son las siete», se dijo cuando el despertador volvió a sonar, «ya son las siete y todavía hay tanta niebla». Y durante un rato permaneció en silencio con la respiración entrecortada, como si tal vez esperara el retorno de las circunstancias reales y evidentes a causa del completo silencio.

Pero, entonces se dijo: «Antes de que den las siete y cuarto habré abandonado completamente la cama. Por cierto, para entonces alguien saldrá de la tienda a preguntar por mí, porque la tienda abrirá antes de las siete». Y ahora se propuso balancear toda la longitud de su cuerpo de manera bien uniforme para salir de la cama. Si se dejaba caer de la cama de este modo era probable que la cabeza, que iba a levantar rápidamente al caer, permaneciera ilesa. La espalda parecía dura; no le pasaría nada si él caía sobre la alfombra. Lo que más le preocupaba era el fuerte ruido que haría, que probablemente causaría alarma, si no terror, detrás de todas las puertas. Pero había que atreverse.

Cuando Gregor ya estaba medio levantado de la cama —el nuevo

war mehr ein Spiel als eine Anstrengung, er brauchte immer nur ruck-
weise zu schaukeln –, fiel ihm ein, wie einfach alles wäre, wenn man
ihm zu Hilfe käme. Zwei starke Leute – er dachte an seinen Vater und
das Dienstmädchen – hätten vollständig genügt; sie hätten ihre Arme
nur unter seinen gewölbten Rücken schieben, ihn so aus dem Bett
schälen, sich mit der Last niederbeugen und dann bloß vorsichtig dulden müssen, daß er den Überschwung auf dem Fußboden vollzog, wo
dann die Beinchen hoffentlich einen Sinn bekommen würden. Nun,
ganz abgesehen davon, daß die Türen versperrt waren, hätte er wirklich
um Hilfe rufen sollen? Trotz aller Not konnte er bei diesem Gedanken
ein Lächeln nicht unterdrücken.

Schon war er so weit, daß er bei stärkerem Schaukeln kaum das
Gleichgewicht noch erhielt, und sehr bald mußte er sich nun endgül-
tig entscheiden, denn es war in fünf Minuten einviertel acht, – als es
an der Wohnungstür läutete. »Das ist jemand aus dem Geschäft,« sagte
er sich und erstarrte fast, während seine Beinchen nur desto eiliger
tanzten. Einen Augenblick blieb alles still. »Sie öffnen nicht,« sagte
sich Gregor, befangen in irgendeiner unsinnigen Hoffnung. Aber dann
ging natürlich wie immer das Dienstmädchen festen Schrittes zur Tür
und öffnete. Gregor brauchte nur das erste Grußwort des Besuchers zu
hören und wußte schon, wer es war – der Prokurist selbst. Warum war
nur Gregor dazu verurteilt, bei einer Firma zu dienen, wo man bei der
kleinsten Versäumnis gleich den größten Verdacht faßte? Waren denn
alle Angestellten samt und sonders Lumpen, gab es denn unter ihnen
keinen treuen ergebenen Menschen, den, wenn er auch nur ein paar
Morgenstunden für das Geschäft nicht ausgenützt hatte, vor Gewis-
sensbissen närrisch wurde und geradezu nicht imstande war, das Bett
zu verlassen? Genügte es wirklich nicht, einen Lehrjungen nachfragen
zu lassen – wenn überhaupt diese Fragerei nötig war –, mußte da der
Prokurist selbst kommen, und mußte dadurch der ganzen unschuldigen Familie gezeigt werden, daß die Untersuchung dieser verdächtigen
Angelegenheit nur dem Verstand des Prokuristen anvertraut werden
konnte? Und mehr infolge der Erregung, in welche Gregor durch diese
Überlegungen versetzt wurde, als infolge eines richtigen Entschlus-
ses, schwang er sich mit aller Macht aus dem Bett. Es gab einen lauten
Schlag, aber ein eigentlicher Krach war es nicht. Ein wenig wurde der
Fall durch den Teppich abgeschwächt, auch war der Rücken elastischer,
als Gregor gedacht hatte, daher kam der nicht gar so auffallende dump-
fe Klang. Nur den Kopf hatte er nicht vorsichtig genug gehalten und ihn

método era más un juego que un esfuerzo, sólo necesitaba mecerse espasmódicamente— se le ocurrió lo fácil que sería todo si alguien acudiera en su ayuda. Dos personas fuertes —pensó en su padre y en la criada— habrían sido completamente suficientes; sólo habrían tenido que deslizar los brazos por debajo de su espalda arqueada, sacarlo así de la cama, agacharse con la carga y luego limitarse a soportarlo con cuidado para que diera el vuelco en el suelo, donde con suerte las patitas tendrían entonces un sentido. Aparte de que las puertas estaban cerradas, ¿debería haber pedido ayuda? A pesar de toda la angustia, no pudo reprimir una sonrisa ante este pensamiento.

Ya había llegado tan lejos que apenas podía mantener el equilibrio y seguir balancéandose, y muy pronto tendría que tomar una decisión definitiva, pues faltaban cinco minutos para las siete y cuarto... cuando sonó el timbre de la puerta. «Es alguien de la tienda», se dijo, y casi se quedó helado, mientras sus patitas bailaban aún más apresuradamente. Por un momento todo permaneció en silencio. «No abrirán la puerta», se dijo Gregor, presa de una esperanza sin sentido. Pero entonces, por supuesto, como siempre, la criada se dirigió con paso firme hacia la puerta y la abrió. Gregor sólo tuvo que oír el primer saludo del visitante y ya sabía de quién se trataba: el gerente mismo. ¿Por qué era Gregor el único condenado a servir en una empresa donde la más mínima omisión despertaba las mayores sospechas? ¿Acaso todos los empleados eran puros granujas, no había entre ellos una persona leal y abnegada que, si no aprovechaba unas horas de la mañana para los negocios, se volvía tonta de remordimiento y por ello era incapaz de levantarse de la cama? ¿Acaso no bastaba con que un aprendiz viniera a interrogar —si es que tal interrogatorio era necesario—, sino que tenía que venir el gerente en persona y demostrar así a toda la inocente familia que la investigación de este sospechoso asunto sólo podía confiarse a la mente del gerente mismo? Y, más como consecuencia de la excitación a la que le sumieron estas reflexiones que como resultado de una decisión acertada, Gregor se tiró de la cama con todas sus fuerzas. Se oyó un fuerte golpe, pero no fue un verdadero estruendo. La caída fue suavizada un poco por la alfombra, además la espalda era más elástica de lo que Gregor había pensado, de ahí que el sonido sordo no fuera tan perceptible. Sólo que no había sujetado la cabeza con suficiente cuidado y se la golpeó; la giró y la

angeschlagen; er drehte ihn und rieb ihn an dem Teppich vor Ärger und Schmerz.

»Da drin ist etwas gefallen,« sagte der Prokurist im Nebenzimmer links. Gregor suchte sich vorzustellen, ob nicht auch einmal dem Prokuristen etwas Ähnliches passieren könnte, wie heute ihm; die Möglichkeit dessen mußte man doch eigentlich zugeben. Aber wie zur rohen Antwort auf diese Frage machte jetzt der Prokurist im Nebenzimmer ein paar bestimmte Schritte und ließ seine Lackstiefel knarren. Aus dem Nebenzimmer rechts flüsterte die Schwester, um Gregor zu verständigen: »Gregor, der Prokurist ist da.« »Ich weiß,« sagte Gregor vor sich hin; aber so laut, daß es die Schwester hätte hören können, wagte er die Stimme nicht zu erheben.

»Gregor,« sagte nun der Vater aus dem Nebenzimmer links, »der Herr Prokurist ist gekommen und erkundigt sich, warum du nicht mit dem Frühzug weggefahren bist. Wir wissen nicht, was wir ihm sagen sollen. Übrigens will er auch mit dir persönlich sprechen. Also bitte mach die Tür auf. Er wird die Unordnung im Zimmer zu entschuldigen schon die Güte haben.« »Guten Morgen, Herr Samsa,« rief der Prokurist freundlich dazwischen. »Ihm ist nicht wohl,« sagte die Mutter zum Prokuristen, während der Vater noch an der Tür redete, »ihm ist nicht wohl, glauben Sie mir, Herr Prokurist. Wie würde denn Gregor sonst einen Zug versäumen! Der Junge hat ja nichts im Kopf als das Geschäft. Ich ärgere mich schon fast, daß er abends niemals ausgeht; jetzt war er doch acht Tage in der Stadt, aber jeden Abend war er zu Hause. Da sitzt er bei uns am Tisch und liest still die Zeitung oder studiert Fahrpläne. Es ist schon eine Zerstreuung für ihn, wenn er sich mit Laubsägearbeiten beschäftigt. Da hat er zum Beispiel im Laufe von zwei, drei Abenden einen kleinen Rahmen geschnitzt; Sie werden staunen, wie hübsch er ist; er hängt drin im Zimmer; Sie werden ihn gleich sehen, wenn Gregor aufmacht. Ich bin übrigens glücklich, daß Sie da sind, Herr Prokurist; wir allein hätten Gregor nicht dazu gebracht, die Tür zu öffnen; er ist so hartnäckig; und bestimmt ist ihm nicht wohl, trotzdem er es am Morgen geleugnet hat.« »Ich komme gleich,« sagte Gregor langsam und bedächtig und rührte sich nicht, um kein Wort der Gespräche zu verlieren. »Anders, gnädige Frau, kann ich es mir auch nicht erklären,« sagte der Prokurist, »hoffentlich ist es nichts Ernstes. Wenn ich auch andererseits sagen muß, daß wir Geschäftsleute – wie man will, leider oder glücklicherweise – ein leichtes Unwohlsein sehr oft aus geschäftlichen Rücksichten ein-

frotó contra la alfombra con fastidio y dolor.

«Algo cayó ahí dentro», dijo el gerente en la habitación contigua, a la izquierda. Gregor trató de imaginar si al gerente podría ocurrirle algo parecido a lo que a él le había sucedido hoy; había que admitir esa posibilidad. Pero, como para responder a esta pregunta, el gerente, en la habitación contigua, dio unos pasos definidos y crujieron sus botas de charol. Desde la habitación contigua, a la derecha, la hermana susurró para informar a Gregor: «Gregor, el gerente está aquí». «Lo sé», se dijo Gregor, pero no se atrevió a levantar la voz lo suficiente como para que la hermana le oyera.

«Gregor», dijo su padre desde la habitación contigua de la izquierda, «el gerente ha venido y ha preguntado por qué no te fuiste en el tren temprano. No sabemos qué decirle. Por cierto, también quiere hablar contigo en persona. Así que, por favor, abre la puerta. Ya tendrá él la bondad de disculpar el desorden de la habitación». «Buenos días, señor Samsa», llamó amablemente el gerente. «No se encuentra bien», dijo la madre al gerente, mientras el padre seguía hablando en la puerta, «no se encuentra bien, créame, señor gerente. ¿Cómo, si no, iba Gregor a perder un tren? El chico no tiene otra cosa en la cabeza que los negocios. Casi me molesta que nunca salga por las tardes; lleva ya ocho días en la ciudad, pero ha estado en casa todas las noches. Se sienta a nuestra mesa y lee tranquilamente el periódico o estudia los horarios. Y es toda una diversión para él ocuparse en sus trabajos de marquetería. Por ejemplo, en el transcurso de dos o tres tardes ha tallado un pequeño marco; le sorprenderá lo bonito que es; está colgado en la habitación; lo verá en cuanto Gregor abra la puerta. Por cierto, me alegro de que esté aquí, señor gerente; nosotros solos no habríamos conseguido que Gregor abriera la puerta; es tan obstinado; y ciertamente no se encuentra bien, aunque lo negó por la mañana». «Enseguida voy», dijo Gregor lenta y deliberadamente, sin moverse, para no perder una palabra de la conversación. «No podría explicarlo de otro modo, querida señora», dijo el gerente, «espero que no sea grave. Por otra parte, tengo que decir que los hombres de negocios —por desgracia o por suerte, como usted lo desee— muy a menudo tenemos que superar una ligera indisposición simplemente por razones de negocios».

fach überwinden müssen.« »Also kann der Herr Prokurist schon zu dir hinein?« fragte der ungeduldige Vater und klopfte wiederum an die Tür. »Nein,« sagte Gregor. Im Nebenzimmer links trat eine peinliche Stille ein, im Nebenzimmer rechts begann die Schwester zu schluchzen.

Warum ging denn die Schwester nicht zu den anderen? Sie war wohl erst jetzt aus dem Bett aufgestanden und hatte noch gar nicht angefangen sich anzuziehen. Und warum weinte sie denn? Weil er nicht aufstand und den Prokuristen nicht hereinließ, weil er in Gefahr war, den Posten zu verlieren und weil dann der Chef die Eltern mit den alten Forderungen wieder verfolgen würde? Das waren doch vorläufig wohl unnötige Sorgen. Noch war Gregor hier und dachte nicht im geringsten daran, seine Familie zu verlassen. Augenblicklich lag er wohl da auf dem Teppich, und niemand, der seinen Zustand gekannt hätte, hätte im Ernst von ihm verlangt, daß er den Prokuristen hereinlasse. Aber wegen dieser kleinen Unhöflichkeit, für die sich ja später leicht eine passende Ausrede finden würde, konnte Gregor doch nicht gut sofort weggeschickt werden. Und Gregor schien es, daß es viel vernünftiger wäre, ihn jetzt in Ruhe zu lassen, statt ihn mit Weinen und Zureden zu stören. Aber es war eben die Ungewißheit, welche die anderen bedrängte und ihr Benehmen entschuldigte.

»Herr Samsa,« rief nun der Prokurist mit erhobener Stimme, »was ist denn los? Sie verbarrikadieren sich da in Ihrem Zimmer, antworten bloß mit ja und nein, machen Ihren Eltern schwere, unnötige Sorgen und versäumen – dies nur nebenbei erwähnt – Ihre geschäftlichen Pflichten in einer eigentlich unerhörten Weise. Ich spreche hier im Namen Ihrer Eltern und Ihres Chefs und bitte Sie ganz ernsthaft um eine augenblickliche, deutliche Erklärung. Ich staune, ich staune. Ich glaubte Sie als einen ruhigen, vernünftigen Menschen zu kennen, und nun scheinen Sie plötzlich anfangen zu wollen, mit sonderbaren Launen zu paradieren. Der Chef deutete mir zwar heute früh eine mögliche Erklärung für Ihre Versäumnis an – sie betraf das Ihnen seit kurzem anvertraute Inkasso –, aber ich legte wahrhaftig fast mein Ehrenwort dafür ein, daß diese Erklärung nicht zutreffen könne. Nun aber sehe ich hier Ihren unbegreiflichen Starrsinn und verliere ganz und gar jede Lust, mich auch nur im geringsten für Sie einzusetzen. Und Ihre Stellung ist durchaus nicht die festeste. Ich hatte ursprünglich die Absicht, Ihnen das alles unter vier Augen zu sagen, aber da Sie mich hier nutzlos me-

«¿Entonces, el señor gerente ya puede entrar a verte?», preguntó el padre impaciente, llamando de nuevo a la puerta. «No», dijo Gregor. Se hizo un silencio incómodo en la habitación de al lado, a la izquierda, y en la de al lado, a la derecha, la hermana empezó a sollozar.

¿Por qué no fue la hermana a ver a los demás? Probablemente recién acababa de levantarse de la cama y ni siquiera había empezado a vestirse. ¿Y por qué lloraba? ¿Porque él no se levantaba y dejaba entrar al gerente, porque corría el riesgo de perder su trabajo y porque entonces el jefe volvería a perseguir a los padres con las viejas exigencias? Esas eran preocupaciones innecesarias por el momento. Gregor seguía aquí y no tenía la menor intención de abandonar a su familia. De momento, estaba tumbado en la alfombra y nadie que conociera su estado le habría pedido seriamente que dejara entrar al gerente. Pero debido a esta pequeña descortesía, para la que más tarde se podría encontrar fácilmente una excusa adecuada, Gregor no podía ser despedido inmediatamente. Y a Gregor le pareció que sería mucho más sensato dejarlo ahora en paz en lugar de molestarlo con llantos y arengas. Pero era precisamente la incertidumbre lo que acosaba a los demás y excusaba su comportamiento.

«Señor Samsa», le gritó el gerente con voz elevada, «¿qué está pasando? Se está usted atrincherando en su habitación, contestando sólo "sí" y "no", causando a sus padres graves e innecesarias preocupaciones y —esto sólo lo menciono de pasada— descuidando sus deberes empresariales de una forma realmente inaudita. Hablo aquí en nombre de sus padres y de su jefe y le pido encarecidamente una explicación inmediata y clara. Estoy asombrado, estoy asombrado. Creía conocerle como una persona tranquila y razonable, y ahora de repente parece que empieza a presumir con extraños caprichos. Esta mañana, el jefe me sugirió una posible explicación de su omisión —se refería al cobro de unas deudas que le habían confiado a usted recientemente—, pero estuve a punto de dar mi palabra de honor de que esa explicación no podía ser correcta. Ahora, sin embargo, veo su incomprensible obstinación y pierdo todo deseo de defenderle en lo más mínimo. Y su posición no es ni mucho menos la más firme. En un principio tenía la intención de contarle todo esto en privado, pero ya que me está haciendo perder inútil-

ine Zeit versäumen lassen, weiß ich nicht, warum es nicht auch Ihre Herren Eltern erfahren sollen. Ihre Leistungen in der letzten Zeit waren also sehr unbefriedigend; es ist zwar nicht die Jahreszeit, um besondere Geschäfte zu machen, das erkennen wir an; aber eine Jahreszeit, um keine Geschäfte zu machen, gibt es überhaupt nicht, Herr Samsa, darf es nicht geben.«

»Aber Herr Prokurist,« rief Gregor außer sich und vergaß in der Aufregung alles andere, »ich mache ja sofort, augenblicklich auf. Ein leichtes Unwohlsein, ein Schwindelanfall, haben mich verhindert aufzustehen. Ich liege noch jetzt im Bett. Jetzt bin ich aber schon wieder ganz frisch. Eben steige ich aus dem Bett. Nur einen kleinen Augenblick Geduld! Es geht noch nicht so gut, wie ich dachte. Es ist mir aber schon wohl. Wie das nur einen Menschen so überfallen kann! Noch gestern abend war mir ganz gut, meine Eltern wissen es ja, oder besser, schon gestern abend hatte ich eine kleine Vorahnung. Man hätte es mir ansehen müssen. Warum habe ich es nur im Geschäfte nicht gemeldet! Aber man denkt eben immer, daß man die Krankheit ohne Zuhausebleiben überstehen wird. Herr Prokurist! Schonen Sie meine Eltern! Für alle die Vorwürfe, die Sie mir jetzt machen, ist ja kein Grund; man hat mir ja davon auch kein Wort gesagt. Sie haben vielleicht die letzten Aufträge, die ich geschickt habe, nicht gelesen. Übrigens, noch mit dem Achtuhrzug fahre ich auf die Reise, die paar Stunden Ruhe haben mich gekräftigt. Halten Sie sich nur nicht auf, Herr Prokurist; ich bin gleich selbst im Geschäft, und haben Sie die Güte, das zu sagen und mich dem Herrn Chef zu empfehlen!«

Und während Gregor dies alles hastig ausstieß und kaum wußte, was er sprach, hatte er sich leicht, wohl infolge der im Bett bereits erlangten Übung, dem Kasten genähert und versuchte nun, an ihm sich aufzurichten. Er wollte tatsächlich die Tür aufmachen, tatsächlich sich sehen lassen und mit dem Prokuristen sprechen; er war begierig zu erfahren, was die anderen, die jetzt so nach ihm verlangten, bei seinem Anblick sagen würden. Würden sie erschrecken, dann hatte Gregor keine Verantwortung mehr und konnte ruhig sein. Würden sie aber alles ruhig hinnehmen, dann hatte auch er keinen Grund sich aufzuregen, und konnte, wenn er sich beeilte, um acht Uhr tatsächlich auf dem Bahnhof sein. Zuerst glitt er nun einigemale von dem glatten Kasten ab, aber endlich gab er sich einen letzten Schwung und stand aufrecht da; auf die Schmerzen im Unterleib achtete er gar nicht mehr, so sehr sie auch

mente el tiempo aquí, no sé por qué sus padres no deberían saberlo también. Su rendimiento últimamente ha sido muy insatisfactorio; no es la mejor época para hacer negocios, lo reconocemos, pero una época en la que no se hacen negocios para nada no existe, señor Samsa, no debe existir».

«Pero, señor gerente», exclamó Gregor, olvidando todo lo demás en su excitación, «abriré la puerta inmediatamente. Una ligera indisposición, un mareo, me ha impedido levantarme. Sigo acostado en la cama. Pero ahora vuelvo a sentirme bastante fresco. Estoy a punto de salir de la cama. ¡Un momento de paciencia! No me sentía tan bien como pensaba. Pero ya me siento bien ahora. ¡Cómo puede sobrevenirle así a uno! Incluso anoche me sentía bastante bien, mis padres lo saben o, mejor dicho, incluso anoche tuve un pequeño presentimiento. Debería haber sido obvio para mí. ¿Por qué no lo informé en la tienda? Pero uno siempre piensa que superará la enfermedad sin quedarse en casa. ¡Señor gerente! ¡Ahórrele el disgusto a mis padres! No hay razón para todos los reproches que me hace ahora; no me había dicho ni una palabra al respecto. Tal vez no haya leído los últimos pedidos que le envié. Por cierto, todavía voy a hacer mi viaje en el tren de las ocho; las pocas horas de descanso me han vigorizado. No se entretenga más, señor gerente, ¡yo mismo estaré en la tienda en un momento, y tenga la bondad de decírselo al jefe y darle mis respetos!».

Y mientras Gregor se apresuraba a decir todo esto y apenas sabía lo que decía, se había acercado fácilmente al baúl, probablemente como resultado de la práctica que ya había adquirido en la cama y ahora intentaba ponerse de pie frente a él. En realidad quería abrir la puerta, dejarse ver y hablar con el gerente; estaba ansioso por saber qué dirían al verle los demás, que tanto anhelaban verle ahora. Si se asustaban, entonces Gregor no tenía más responsabilidad y podía estar tranquilo. Pero si se lo tomaban todo con calma, entonces él tampoco tenía motivos para alterarse y, si se daba prisa, podría llegar a la estación a las ocho. Al principio resbaló varias veces por el liso baúl, pero por fin tomó envión y se puso de pie; ya no prestó atención al dolor que sentía en el abdomen, por mucho que le quemara. En ese momento se dejó caer contra el respaldo de

brannten. Nun ließ er sich gegen die Rücklehne eines nahen Stuhles fallen, an deren Rändern er sich mit seinen Beinchen festhielt. Damit hatte er aber auch die Herrschaft über sich erlangt und verstummte, denn nun konnte er den Prokuristen anhören.

»Haben Sie auch nur ein Wort verstanden?« fragte der Prokurist die Eltern, »er macht sich doch wohl nicht einen Narren aus uns?« »Um Gottes willen,« rief die Mutter schon unter Weinen, »er ist vielleicht schwer krank, und wir quälen ihn. Grete! Grete!« schrie sie dann. »Mutter?« rief die Schwester von der anderen Seite. Sie verständigten sich durch Gregors Zimmer. »Du mußt augenblicklich zum Arzt. Gregor ist krank. Rasch um den Arzt. Hast du Gregor jetzt reden hören?« »Das war eine Tierstimme,« sagte der Prokurist, auffallend leise gegenüber dem Schreien der Mutter. »Anna! Anna!« rief der Vater durch das Vorzimmer in die Küche und klatschte in die Hände, »sofort einen Schlosser holen!« Und schon liefen die zwei Mädchen mit rauschenden Röcken durch das Vorzimmer – wie hatte sich die Schwester denn so schnell angezogen? – und rissen die Wohnungstüre auf. Man hörte gar nicht die Türe zuschlagen; sie hatten sie wohl offen gelassen, wie es in Wohnungen zu sein pflegt, in denen ein großes Unglück geschehen ist.

Gregor war aber viel ruhiger geworden. Man verstand zwar also seine Worte nicht mehr, trotzdem sie ihm genug klar, klarer als früher, vorgekommen waren, vielleicht infolge der Gewöhnung des Ohres. Aber immerhin glaubte man nun schon daran, daß es mit ihm nicht ganz in Ordnung war, und war bereit, ihm zu helfen. Die Zuversicht und Sicherheit, womit die ersten Anordnungen getroffen worden waren, taten ihm wohl. Er fühlte sich wieder einbezogen in den menschlichen Kreis und erhoffte von beiden, vom Arzt und vom Schlosser, ohne sie eigentlich genau zu scheiden, großartige und überraschende Leistungen. Um für die sich nähernden entscheidenden Besprechungen eine möglichst klare Stimme zu bekommen, hustete er ein wenig ab, allerdings bemüht, dies ganz gedämpft zu tun, da möglicherweise auch schon dieses Geräusch anders als menschlicher Husten klang, was er selbst zu entscheiden sich nicht mehr getraute. Im Nebenzimmer war es inzwischen ganz still geworden. Vielleicht saßen die Eltern mit dem Prokuristen beim Tisch und tuschelten, vielleicht lehnten alle an der Türe und horchten.

una silla cercana, agarrándose a sus bordes con sus patitas. Con eso había ganado control sobre sí mismo y se quedó en silencio, porque ahora podía escuchar al gerente.

«¿Entendieron alguna palabra de lo que dijo», preguntó el gerente a los padres, «seguro que no nos está tomando el pelo?». «Por el amor de Dios», lloraba ya la madre, «puede que esté gravemente enfermo y le estemos atormentando. ¡Grete! Grete!», gritó entonces. «¿Madre?», llamó la hermana desde el otro lado. Se comunicaban a través de la habitación de Gregor. «Debes buscar un médico inmediatamente. Gregor está enfermo. Date prisa en ir al médico. ¿Has oído cómo habla Gregor ahora?». «Era una voz animal», dijo el gerente, llamativamente tranquilo en comparación con los gritos de la madre. «¡Anna! ¡Anna!», gritó el padre a través de la antecámara hacia la cocina, dando palmadas, «¡busque un cerrajero de inmediato!». Y ya las dos niñas corrían apresuradas por el vestíbulo —¿cómo se había vestido tan deprisa la hermana?— y abrieron de un tirón la puerta del apartamento. No oyeron el portazo; probablemente la habían dejado abierta, como es habitual en los apartamentos donde ha ocurrido un gran accidente.

Pero Gregor se había tranquilizado mucho. Ya no entendían sus palabras, aunque a él le parecían bastante claras, más que antes, quizá porque sus oídos se habían acostumbrado a ellas. Pero al menos ahora creían que le ocurría algo y estaban dispuestos a ayudarle. La confianza y la certeza con que habían dado las primeras órdenes le hicieron bien. Volvió a sentirse incluido en el círculo humano y esperó grandes y sorprendentes logros tanto del médico como del cerrajero, sin llegar a separarlos exactamente. Con el fin de conseguir una voz lo más clara posible para las reuniones cruciales que se avecinaban, tosió un poco, pero intentó hacerlo de forma muy apagada, ya que incluso este sonido podría haber sonado diferente al de una tos humana, cosa que ya no se atrevía a decidir por sí mismo. Mientras tanto, se había hecho mucho silencio en la habitación contigua. Quizá los padres estaban sentados a la mesa con el gerente y cuchicheaban, quizá todos estaban apoyados en la puerta y escuchaban.

Gregor schob sich langsam mit dem Sessel zur Tür hin, ließ ihn dort los, warf sich gegen die Tür, hielt sich an ihr aufrecht – die Ballen seiner Beinchen hatten ein wenig Klebstoff – und ruhte sich dort einen Augenblick lang von der Anstrengung aus. Dann aber machte er sich daran, mit dem Mund den Schlüssel im Schloß umzudrehen. Es schien leider, daß er keine eigentlichen Zähne hatte, – womit sollte er gleich den Schlüssel fassen? – aber dafür waren die Kiefer freilich sehr stark, mit ihrer Hilfe brachte er auch wirklich den Schlüssel in Bewegung und achtete nicht darauf, daß er sich zweifellos irgendeinen Schaden zufügte, denn eine braune Flüssigkeit kam ihm aus dem Mund, floß über den Schlüssel und tropfte auf den Boden. »Hören Sie nur,« sagte der Prokurist im Nebenzimmer, »er dreht den Schlüssel um.« Das war für Gregor eine große Aufmunterung; aber alle hätten ihm zurufen sollen, auch der Vater und die Mutter: »Frisch, Gregor,« hätten sie rufen sollen, »immer nur heran, fest an das Schloß heran!« Und in der Vorstellung, daß alle seine Bemühungen mit Spannung verfolgten, verbiß er sich mit allem, was er an Kraft aufbringen konnte, besinnungslos in den Schlüssel. Je nach dem Fortschreiten der Drehung des Schlüssels umtanzte er das Schloß, hielt sich jetzt nur noch mit dem Munde aufrecht, und je nach Bedarf hing er sich an den Schlüssel oder drückte ihn dann wieder nieder mit der ganzen Last seines Körpers. Der hellere Klang des endlich zurückschnappenden Schlosses erweckte Gregor förmlich. Aufatmend sagte er sich: »Ich habe also den Schlosser nicht gebraucht,« und legte den Kopf auf die Klinke, um die Türe gänzlich zu öffnen.

Da er die Türe auf diese Weise öffnen mußte, war sie eigentlich schon recht weit geöffnet, und er selbst noch nicht zu sehen. Er mußte sich erst langsam um den einen Türflügel herumdrehen, und zwar sehr vorsichtig, wenn er nicht gerade vor dem Eintritt ins Zimmer plump auf den Rücken fallen wollte. Er war noch mit jener schwierigen Bewegung beschäftigt und hatte nicht Zeit, auf anderes zu achten, da hörte er schon den Prokuristen ein lautes »Oh!« ausstoßen – es klang, wie wenn der Wind saust – und nun sah er ihn auch, wie er, der der Nächste an der Türe war, die Hand gegen den offenen Mund drückte und langsam zurückwich, als vertreibe ihn eine unsichtbare, gleichmäßig fortwirkende Kraft. Die Mutter – sie stand hier trotz der Anwesenheit des Prokuristen mit von der Nacht her noch aufgelösten, hoch sich sträubenden Haaren – sah zuerst mit gefalteten Händen den Vater an, ging dann zwei Schritte zu Gregor hin und fiel inmitten ihrer rings um sie herum sich ausbreitenden Röcke nieder, das Gesicht ganz unauffindbar

Gregor se deslizó lentamente hacia la puerta con la silla, la soltó allí, se lanzó contra la puerta, se mantuvo erguido contra ella —las almohadillas de sus patitas tenían un poco de pegamento— y descansó allí un momento por el esfuerzo. Luego se dispuso a girar la llave en la cerradura con la boca. Por desgracia, parecía que en realidad no tenía dientes —¿cómo se suponía que iba a agarrar la llave?— pero sus mandíbulas eran muy fuertes, y con su ayuda consiguió mover la llave, sin importarle que sin duda se haría algún daño, pues un líquido marrón salió de su boca, fluyó sobre la llave y goteó sobre el suelo. «Escuchen», dijo el gerente en la habitación contigua, «está girando la llave». Esto fue un gran estímulo para Gregor; pero todos deberían haberle alentado, incluidos su padre y su madre: «¡Vamos, Gregor!», deberían haberle gritado, «¡sigue adelante, duro con la cerradura!». E, imaginando que todos observaban sus esfuerzos con impaciencia, se inclinó, casi perdiendo el sentido, hacia la llave con toda la fuerza que pudo reunir. Dependiendo del avance del giro de la llave, bailaba alrededor de la cerradura, manteniéndose a veces sólo con la boca o, según la necesidad, se aferraba a la llave o volvía a presionarla con todo el peso de su cuerpo. El sonido claro de la cerradura al chasquear hizo volver en sí a Gregor. Exhalando un suspiro de alivio, se dijo: «así que no he necesitado al cerrajero», y apoyó la cabeza en el picaporte para abrir la puerta por completo.

Como tuvo que abrir la puerta de esta manera, incluso cuando ya estaba bastante abierta, él mismo aún no era visible. Él tenía que girar lentamente alrededor de una de las hojas de la puerta, con mucho cuidado, si no quería caerse de espaldas justo antes de la entrada en la habitación. Todavía estaba ocupado con ese difícil movimiento, y no tuvo tiempo de prestar atención a nada más, cuando oyó al gerente pronunciar un sonoro «¡Oh!» —sonaba como si el viento se arremolinara—, y ahora él también le vio, estaba junto a la puerta, apretándose la mano contra la boca abierta y retrocediendo lentamente, como si una fuerza invisible y continua le estuviera empujando. La madre —de pie, con el cabello aún revuelto por la noche, crispado, a pesar de la presencia del gerente— miró primero a su padre, con las manos cruzadas, luego dio dos pasos hacia Gregor y se desplomó sobre sus faldas que se extendían a su alrededor, con el rostro hundido, de modo que no se le veía, en el

zu ihrer Brust gesenkt. Der Vater ballte mit feindseligem Ausdruck die Faust, als wolle er Gregor in sein Zimmer zurückstoßen, sah sich dann unsicher im Wohnzimmer um, beschattete dann mit den Händen die Augen und weinte, daß sich seine mächtige Brust schüttelte.

Gregor trat nun gar nicht in das Zimmer, sondern lehnte sich von innen an den festgeriegelten Türflügel, so daß sein Leib nur zur Hälfte und darüber der seitlich geneigte Kopf zu sehen war, mit dem er zu den anderen hinüberlugte. Es war inzwischen viel heller geworden; klar stand auf der anderen Straßenseite ein Ausschnitt des gegenüberliegenden, endlosen, grauschwarzen Hauses – es war ein Krankenhaus – mit seinen hart die Front durchbrechenden regelmäßigen Fenstern; der Regen fiel noch nieder, aber nur mit großen, einzeln sichtbaren und förmlich auch einzelnweise auf die Erde hinuntergeworfenen Tropfen. Das Frühstücksgeschirr stand in überreicher Zahl auf dem Tisch, denn für den Vater war das Frühstück die wichtigste Mahlzeit des Tages, die er bei der Lektüre verschiedener Zeitungen stundenlang hinzog. Gerade an der gegenüberliegenden Wand hing eine Photographie Gregors aus seiner Militärzeit, die ihn als Leutnant darstellte, wie er, die Hand am Degen, sorglos lächelnd, Respekt für seine Haltung und Uniform verlangte. Die Tür zum Vorzimmer war geöffnet, und man sah, da auch die Wohnungstür offen war, auf den Vorplatz der Wohnung hinaus und auf den Beginn der abwärts führenden Treppe.

»Nun,« sagte Gregor und war sich dessen wohl bewußt, daß er der einzige war, der die Ruhe bewahrt hatte, »ich werde mich gleich anziehen, die Kollektion zusammenpacken und wegfahren. Wollt ihr, wollt ihr mich wegfahren lassen? Nun, Herr Prokurist, Sie sehen, ich bin nicht starrköpfig und ich arbeite gern; das Reisen ist beschwerlich, aber ich könnte ohne das Reisen nicht leben. Wohin gehen Sie denn, Herr Prokurist? Ins Geschäft? Ja? Werden Sie alles wahrheitsgetreu berichten? Man kann im Augenblick unfähig sein zu arbeiten, aber dann ist gerade der richtige Zeitpunkt, sich an die früheren Leistungen zu erinnern und zu bedenken, daß man später, nach Beseitigung des Hindernisses, gewiß desto fleißiger und gesammelter arbeiten wird. Ich bin ja dem Herrn Chef so sehr verpflichtet, das wissen Sie doch recht gut. Andererseits habe ich die Sorge um meine Eltern und die Schwester. Ich bin in der Klemme, ich werde mich aber auch wieder herausarbeiten. Machen Sie es mir aber nicht schwieriger, als es schon ist. Halten Sie im Geschäft meine Partei! Man liebt den Reisen-

pecho. El padre apretó el puño con expresión hostil, como si quisiera empujar a Gregor de vuelta a su habitación, luego miró inseguro alrededor del salón, después se cubrió los ojos con las manos y lloró de tal forma que su robusto pecho se agitaba.

Gregor renunció a entrar en la habitación, se apoyó en la hoja cerrada de la puerta, por dentro, de modo que sólo se veía la mitad de su cuerpo y, sobre él, la cabeza ladeada con la que miraba a los demás. Entretanto había amanecido y estaba mucho más claro; se distinguía nítidamente al otro lado de la calle una parte del interminable edificio negro grisáceo de enfrente —era un hospital— con sus ventanas regulares rompiendo con fuerza la fachada; la lluvia seguía cayendo, pero ahora sólo con grandes gotas visibles de una en una, cayendo también sobre la tierra de una en una. Los platos del desayuno abundaban en la mesa, porque para su padre el desayuno era la comida más importante del día, que prolongaba durante horas leyendo diversos periódicos. Precisamente en la pared de enfrente colgaba una fotografía de Gregor de su época de servicio militar, en la que se lo veía en uniforme de teniente, con la mano en el estoque, sonriendo despreocupadamente, exigiendo respeto debido a su porte y su uniforme. La puerta del vestíbulo estaba abierta y, como la del apartamento también lo estaba, se podía ver el rellano y el comienzo de la escalera descendente.

«Bueno», dijo Gregor, muy consciente de que era el único que había mantenido la calma, «me vestiré enseguida, recogeré el muestrario y me iré. ¿Me dejarán irme? Bueno, señor gerente, verá, no soy testarudo y me gusta trabajar; viajar es agobiante, pero no podría vivir sin viajar. ¿Adónde va, señor gerente? ¿A la tienda? ¿Sí? ¿Informará de todo con veracidad? Uno puede verse incapacitado para trabajar en este momento, pero entonces es justo el momento de recordar sus logros anteriores y considerar que más tarde, una vez eliminado el obstáculo, trabajará sin duda con mayor diligencia y entereza. Estoy muy agradecido al jefe, usted lo sabe muy bien. Por otro lado, tengo que ocuparme de mis padres y de mi hermana. Estoy en un aprieto, pero también trabajaré para salir de él. Pero no me lo haga más difícil de lo que ya es. ¡Defienda mi posición en el negocio! La gente no quiere a los viajantes, lo sé. Creen que ganan mucho dinero y llevan una vida agradable. Uno no tiene ninguna razón en particular para pensar mejor este prejuicio. Pero usted,

den nicht, ich weiß. Man denkt, er verdient ein Heidengeld und führt dabei ein schönes Leben. Man hat eben keine besondere Veranlassung, dieses Vorurteil besser zu durchdenken. Sie aber, Herr Prokurist, Sie haben einen besseren Überblick über die Verhältnisse, als das sonstige Personal, ja sogar, ganz im Vertrauen gesagt, einen besseren Überblick, als der Herr Chef selbst, der in seiner Eigenschaft als Unternehmer sich in seinem Urteil leicht zuungunsten eines Angestellten beirren läßt. Sie wissen auch sehr wohl, daß der Reisende, der fast das ganze Jahr außerhalb des Geschäftes ist, so leicht ein Opfer von Klatschereien, Zufälligkeiten und grundlosen Beschwerden werden kann, gegen die sich zu wehren ihm ganz unmöglich ist, da er von ihnen meistens gar nichts erfährt und nur dann, wenn er erschöpft eine Reise beendet hat, zu Hause die schlimmen, auf ihre Ursachen hin nicht mehr zu durchschauenden Folgen am eigenen Leibe zu spüren bekommt. Herr Prokurist, gehen Sie nicht weg, ohne mir ein Wort gesagt zu haben, das mir zeigt, daß Sie mir wenigstens zu einem kleinen Teil recht geben!«

Aber der Prokurist hatte sich schon bei den ersten Worten Gregors abgewendet, und nur über die zuckende Schulter hinweg sah er mit aufgeworfenen Lippen nach Gregor zurück. Und während Gregors Rede stand er keinen Augenblick still, sondern verzog sich, ohne Gregor aus den Augen zu lassen, gegen die Tür, aber ganz allmählich, als bestehe ein geheimes Verbot, das Zimmer zu verlassen. Schon war er im Vorzimmer, und nach der plötzlichen Bewegung, mit der er zum letztenmal den Fuß aus dem Wohnzimmer zog, hätte man glauben können, er habe sich soeben die Sohle verbrannt. Im Vorzimmer aber streckte er die rechte Hand weit von sich zur Treppe hin, als warte dort auf ihn eine geradezu überirdische Erlösung.

Gregor sah ein, daß er den Prokuristen in dieser Stimmung auf keinen Fall weggehen lassen dürfe, wenn dadurch seine Stellung im Geschäft nicht aufs äußerste gefährdet werden sollte. Die Eltern verstanden das alles nicht so gut; sie hatten sich in den langen Jahren die Überzeugung gebildet, daß Gregor in diesem Geschäft für sein Leben versorgt war, und hatten außerdem jetzt mit den augenblicklichen Sorgen so viel zu tun, daß ihnen jede Voraussicht abhanden gekommen war. Aber Gregor hatte diese Voraussicht. Der Prokurist mußte gehalten, beruhigt, überzeugt und schließlich gewonnen werden; die Zukunft Gregors und seiner Familie hing doch davon ab! Wäre doch die Schwester hier gewesen! Sie war klug; sie hatte schon geweint, als Gregor noch ruhig auf

señor gerente, tiene una visión de la situación que es mejor que la del resto del personal, incluso, en confianza, una visión mejor que la del propio jefe, que en su calidad de empresario se deja influir fácilmente en su juicio en detrimento de un empleado. Usted también sabe muy bien que el viajante, que está fuera de la tienda la mayor parte del año, puede convertirse tan fácilmente en víctima de habladurías, casualidades y quejas infundadas, contra las que le resulta del todo imposible defenderse, ya que normalmente no se entera de nada y sólo cuando ha terminado un viaje, agotado, experimenta en casa las terribles consecuencias, cuyas causas ya no puede ver, en su propio cuerpo. ¡Señor gerente, no se vaya sin haberme dicho una palabra que me demuestre que está de acuerdo conmigo al menos en lo más mínimo!».

Pero el gerente ya había dado la vuelta ante las primeras palabras de Gregor y sólo por encima del hombro encogido volvió a mirar a Gregor con los labios fruncidos. Y durante el discurso de Gregor no se quedó quieto ni un momento, sino que, sin apartar los ojos de Gregor, se dirigió hacia la puerta, pero muy poco a poco, como si hubiera una prohibición secreta de abandonar la habitación. Ya estaba en el vestíbulo y, a juzgar por el brusco movimiento con el que sacó por última vez el pie del salón, se podría haber pensado que acababa de quemarse la planta del pie. En el vestíbulo, sin embargo, estiró la mano derecha lejos de él, hacia la escalera, como si allí le esperara una salvación casi sobrenatural.

Gregor se dio cuenta de que no podía dejar que el gerente se marchara con ese estado de ánimo si quería que su posición en la empresa no corriera un peligro extremo. Los padres no entendían muy bien todo esto; habían formado la convicción a lo largo de los años de que Gregor tenía trabajo asegurado en esta empresa de por vida y, además, ahora tenían tanto que ver con las preocupaciones actuales que habían perdido toda previsión. Pero Gregor tenía esta previsión. Había que retener al gerente, tranquilizarlo, convencerlo y finalmente ganárselo; ¡el futuro de Gregor y de su familia dependía de ello! ¡Si al menos la hermana hubiera estado aquí! Era lista; ya había llorado cuando Gregor aún yacía tranquilamente de es-

dem Rücken lag. Und gewiß hätte der Prokurist, dieser Damenfreund, sich von ihr lenken lassen; sie hätte die Wohnungstür zugemacht und ihm im Vorzimmer den Schrecken ausgeredet. Aber die Schwester war eben nicht da, Gregor selbst mußte handeln. Und ohne daran zu denken, daß er seine gegenwärtigen Fähigkeiten, sich zu bewegen, noch gar nicht kannte, ohne auch daran zu denken, daß seine Rede möglicher- ja wahrscheinlicherweise wieder nicht verstanden worden war, verließ er den Türflügel; schob sich durch die Öffnung; wollte zum Prokuristen hingehen, der sich schon am Geländer des Vorplatzes lächerlicherweise mit beiden Händen festhielt; fiel aber sofort, nach einem Halt suchend, mit einem kleinen Schrei auf seine vielen Beinchen nieder. Kaum war das geschehen, fühlte er zum erstenmal an diesem Morgen ein körperli- ches Wohlbehagen; die Beinchen hatten festen Boden unter sich; sie ge- horchten vollkommen, wie er zu seiner Freude merkte; strebten sogar darnach, ihn fortzutragen, wohin er wollte; und schon glaubte er, die endgültige Besserung alles Leidens stehe unmittelbar bevor. Aber im gleichen Augenblick, als er da schaukelnd vor verhaltener Bewegung, gar nicht weit von seiner Mutter entfernt, ihr gerade gegenüber auf dem Boden lag, sprang diese, die doch so ganz in sich versunken schien, mit einemmale in die Höhe, die Arme weit ausgestreckt, die Finger gespre- izt, rief: »Hilfe, um Gottes willen Hilfe!«, hielt den Kopf geneigt, als wolle sie Gregor besser sehen, lief aber, im Widerspruch dazu, sinnlos zurück; hatte vergessen, daß hinter ihr der gedeckte Tisch stand; setzte sich, als sie bei ihm angekommen war, wie in Zerstreutheit, eilig auf ihn, und schien gar nicht zu merken, daß neben ihr aus der umgeworfenen großen Kanne der Kaffee in vollem Strome auf den Teppich sich ergoß.

»Mutter, Mutter,« sagte Gregor leise und sah zu ihr hinauf. Der Prokurist war ihm für einen Augenblick ganz aus dem Sinn gekom- men; dagegen konnte er sich nicht versagen, im Anblick des fließenden Kaffees mehrmals mit den Kiefern ins Leere zu schnappen. Darüber schrie die Mutter neuerdings auf, flüchtete vom Tisch und fiel dem ihr entgegeneilenden Vater in die Arme. Aber Gregor hatte jetzt keine Zeit für seine Eltern; der Prokurist war schon auf der Treppe; das Kinn auf dem Geländer, sah er noch zum letzten Male zurück. Gregor nahm einen Anlauf, um ihn möglichst sicher einzuholen; der Prokurist mußte etwas ahnen, denn er machte einen Sprung über mehrere Stufen und verschwand; »Huh!« aber schrie er noch, es klang durchs ganze Trep- penhaus. Leider schien nun auch diese Flucht des Prokuristen den Vater, der bisher verhältnismäßig gefaßt gewesen war, völlig zu verwir-

paldas. Y, ciertamente, el gerente, tan galán, se habría dejado guiar por ella; ella habría cerrado la puerta del apartamento y le habría tranquilizado en el vestíbulo. Pero la hermana no estaba allí, Gregor tenía que encargarse él mismo. Y sin pensar que él aún desconocía su actual capacidad de movimiento, sin pensar también que su discurso podría —de hecho lo haría probablemente— de nuevo no ser comprendido, abandonó el umbral de la puerta; avanzó a través de la abertura; quiso ir hacia el gerente, que ya se agarraba ridículamente con ambas manos a la barandilla del rellano; pero Gregor, inmediatamente, buscando un punto de apoyo, cayó sobre sus muchas patitas con un pequeño grito. Apenas había sucedido esto sintió por primera vez aquella mañana un bienestar físico; sus patas tenían un suelo sólido bajo ellas; obedecían perfectamente, como notó para su regocijo —incluso se esforzaban por llevarle adonde quisiera— y ya creía que la mejoría final de todo sufrimiento era inminente. Pero en ese mismo momento, mientras yacía balanceándose con movimientos contenidos, no lejos de su madre, justo enfrente de ella en el suelo, ella, que parecía tan completamente absorta en sí misma, se levantó de un salto, con los brazos extendidos y los dedos extendidos, y gritó: «¡Socorro, por el amor de Dios, socorro!». Había olvidado que la mesa estaba puesta detrás de ella, cuando la alcanzó se sentó en ella apresuradamente, como distraída, y no pareció darse cuenta de que el café se derramaba de la cafetera volcada sobre la alfombra que había junto a ella.

«Madre, madre», dijo Gregor en voz baja y la miró. Por un momento, el gerente quedó completamente fuera de sus pensamientos; por otra parte, no pudo abstenerse de chasquear las mandíbulas varias veces ante la visión del café que fluía. La madre volvió a gritar, huyó de la mesa y cayó en brazos de su padre, que se abalanzaba sobre ella. Pero Gregor ya no tenía tiempo para sus padres; el gerente ya estaba en la escalera; con la barbilla apoyada en la barandilla, miró hacia atrás por última vez. Gregor echó a correr para alcanzarle con la mayor rapidez posible; el gerente debió de sospechar algo, porque dio un salto de varios peldaños y desapareció; «¡ahh!», sin embargo, gritó todavía; sonó por toda la escalera. Desgraciadamente, esta huida del gerente pareció confundir por completo al padre, que hasta entonces se había mostrado relativamente tranquilo, porque

ren, denn statt selbst dem Prokuristen nachzulaufen oder wenigstens Gregor in der Verfolgung nicht zu hindern, packte er mit der Rechten den Stock des Prokuristen, den dieser mit Hut und Überzieher auf einem Sessel zurückgelassen hatte, holte mit der Linken eine große Zeitung vom Tisch und machte sich unter Füßestampfen daran, Gregor durch Schwenken des Stockes und der Zeitung in sein Zimmer zurückzutreiben. Kein Bitten Gregors half, kein Bitten wurde auch verstanden, er mochte den Kopf noch so demütig drehen, der Vater stampfte nur stärker mit den Füßen. Drüben hatte die Mutter trotz des kühlen Wetters ein Fenster aufgerissen, und hinausgelehnt drückte sie ihr Gesicht weit außerhalb des Fensters in ihre Hände. Zwischen Gasse und Treppenhaus entstand eine starke Zugluft, die Fenstervorhänge flogen auf, die Zeitungen auf dem Tische rauschten, einzelne Blätter wehten über den Boden hin. Unerbittlich drängte der Vater und stieß Zischlaute aus, wie ein Wilder. Nun hatte aber Gregor noch gar keine Übung im Rückwärtsgehen, es ging wirklich sehr langsam. Wenn sich Gregor nur hätte umdrehen dürfen, er wäre gleich in seinem Zimmer gewesen, aber er fürchtete sich, den Vater durch die zeitraubende Umdrehung ungeduldig zu machen, und jeden Augenblick drohte ihm doch von dem Stock in des Vaters Hand der tödliche Schlag auf den Rücken oder auf den Kopf. Endlich aber blieb Gregor doch nichts anderes übrig, denn er merkte mit Entsetzen, daß er im Rückwärtsgehen nicht einmal die Richtung einzuhalten verstand; und so begann er, unter unaufhörlichen ängstlichen Seitenblicken nach dem Vater, sich nach Möglichkeit rasch, in Wirklichkeit aber doch nur sehr langsam umzudrehen. Vielleicht merkte der Vater seinen guten Willen, denn er störte ihn hierbei nicht, sondern dirigierte sogar hie und da die Drehbewegung von der Ferne mit der Spitze seines Stockes. Wenn nur nicht dieses unerträgliche Zischen des Vaters gewesen wäre! Gregor verlor darüber ganz den Kopf. Er war schon fast ganz umgedreht, als er sich, immer auf dieses Zischen horchend, sogar irrte und sich wieder ein Stück zurückdrehte. Als er aber endlich glücklich mit dem Kopf vor der Türöffnung war, zeigte es sich, daß sein Körper zu breit war, um ohne weiteres durchzukommen. Dem Vater fiel es natürlich in seiner gegenwärtigen Verfassung auch nicht entfernt ein, etwa den anderen Türflügel zu öffnen, um für Gregor einen genügenden Durchgang zu schaffen. Seine fixe Idee war bloß, daß Gregor so rasch als möglich in sein Zimmer müsse. Niemals hätte er auch die umständlichen Vorbereitungen gestattet, die Gregor brauchte, um sich aufzurichten und vielleicht auf diese Weise durch die Tür zu kommen. Vielleicht trieb er, als gäbe es kein Hindernis, Gregor

en lugar de correr él mismo tras el gerente o, al menos, de no obstaculizar a Gregor en su persecución, agarró con la mano derecha el bastón del gerente, que había dejado sobre una silla con su sombrero y su gabán, cogió con la izquierda un gran periódico de la mesa y, dando un pisotón, se dispuso a conseguir que Gregor vuelva a su habitación agitando el bastón y el periódico. Ninguna súplica de Gregor sirvió de nada, ninguna súplica fue siquiera comprendida, por más humilde que fuera, al volver la cabeza, el padre sólo zapateaba con más fuerza. Allí, a pesar del tiempo fresco, la madre había abierto de par en par una ventana y, asomándose, apretaba la cara entre las manos, lejos del marco. Se levantó una fuerte corriente de aire entre el pasillo y el hueco de la escalera, las cortinas de la ventana se abrieron de golpe, los periódicos de la mesa crujieron, algunas hojas volaron por el suelo. El padre avanzaba sin descanso y silbaba como un salvaje. Pero Gregor no tenía ninguna práctica en caminar hacia atrás, era realmente muy lento. Si a Gregor le hubieran permitido darse la vuelta, habría estado en su habitación en un momento, pero temía que su padre perdiera la paciencia al volverse con rapidez y en ese momento le amenazaría un golpe mortal en la espalda o en la cabeza con el bastón que su padre tenía en la mano. Finalmente, sin embargo, Gregor no tuvo más remedio, pues se dio cuenta con horror de que ni siquiera era capaz de mantener la dirección al caminar hacia atrás y así, con incesantes y ansiosas miradas de reojo a su padre, empezó a darse la vuelta lo más deprisa posible, pero en realidad bastante despacio. Quizás el padre se dio cuenta de su buena voluntad, porque no le molestó, sino que incluso dirigió el movimiento de giro desde lejos con la punta de su bastón. ¡Si al menos su padre hubiera dejado de emitir esos insoportables silbidos! Gregor perdió completamente la cabeza a causa de ello. Casi se había dado la vuelta por completo cuando, siempre atento a aquel silbido, incluso se equivocó y retrocedió un poco. Pero, cuando por fin tuvo la cabeza delante de la puerta, resultó que su cuerpo era demasiado ancho para pasar sin más. Por supuesto, en su estado actual, al padre no se le ocurrió abrir la otra hoja de la puerta para crear un espacio suficiente para que Gregor pasara. Su obsesión era simplemente que Gregor tenía que llegar a su habitación lo antes posible. Nunca habría permitido los laboriosos preparativos que Gregor necesitaba para levantarse y tal vez atravesar la puerta de este modo. Como si nada lo impidiera, ahora instó a Gregor a avanzar con un ruido especial; ya no sonaba sólo

jetzt unter besonderem Lärm vorwärts; es klang schon hinter Gregor gar nicht mehr wie die Stimme bloß eines einzigen Vaters; nun gab es wirklich keinen Spaß mehr, und Gregor drängte sich – geschehe was wolle – in die Tür. Die eine Seite seines Körpers hob sich, er lag schief in der Türöffnung, seine eine Flanke war ganz wundgerieben, an der weißen Tür blieben häßliche Flecke, bald steckte er fest und hätte sich allein nicht mehr rühren können, die Beinchen auf der einen Seite hingen zitternd oben in der Luft, die auf der anderen waren schmerzhaft zu Boden gedrückt – da gab ihm der Vater von hinten einen jetzt wahrhaftig erlösenden starken Stoß, und er flog, heftig blutend, weit in sein Zimmer hinein. Die Tür wurde noch mit dem Stock zugeschlagen, dann war es endlich still.

como la voz de su padre detrás de Gregor —ya no le hacía ninguna gracia— y Gregor se abrió paso a empujones —sea como fuere— hasta la puerta. Un lado de su cuerpo se levantó, permaneció torcido en la puerta, uno de sus flancos estaba completamente lastimado, quedaron feas marcas en la puerta blanca, pronto se quedaría atascado y no podría moverse por sí mismo, las patitas de un lado colgaban temblorosas en el aire, las del otro estaban dolorosamente apretadas contra el suelo... entonces su padre le dio un fuerte empujón por detrás, que resultó verdaderamente redentor, y voló, sangrando profusamente, hasta el interior de su habitación. La puerta se cerró de golpe con el bastón y por fin se hizo el silencio.

II.

Erst in der Abenddämmerung erwachte Gregor aus seinem schweren ohnmachtähnlichen Schlaf. Er wäre gewiß nicht viel später auch ohne Störung erwacht, denn er fühlte sich genügend ausgeruht und ausgeschlafen, doch schien es ihm, als hätte ihn ein flüchtiger Schritt und ein vorsichtiges Schließen der zum Vorzimmer führenden Tür geweckt. Der Schein der elektrischen Straßenbahn lag bleich hier und da auf der Zimmerdecke und auf den höheren Teilen der Möbel, aber unten bei Gregor war es finster. Langsam schob er sich, noch ungeschickt mit seinen Fühlern tastend, die er jetzt erst schätzen lernte, zur Türe hin, um nachzusehen, was dort geschehen war. Seine linke Seite schien eine einzige lange, unangenehm spannende Narbe, und er mußte auf seinen zwei Beinreihen regelrecht hinken. Ein Beinchen war übrigens im Laufe der vormittägigen Vorfälle schwer verletzt worden – es war fast ein Wunder, daß nur eines verletzt worden war – und schleppte leblos nach.

Erst bei der Tür merkte er, was ihn dorthin eigentlich gelockt hatte; es war der Geruch von etwas Eßbarem gewesen. Denn dort stand ein Napf mit süßer Milch gefüllt, in der kleine Schnitte von Weißbrot schwammen. Fast hätte er vor Freude gelacht, denn er hatte noch größeren Hunger als am Morgen, und gleich tauchte er seinen Kopf fast bis über die Augen in die Milch hinein. Aber bald zog er ihn enttäuscht wieder zurück; nicht nur, daß ihm das Essen wegen seiner heiklen linken Seite Schwierigkeiten machte – und er konnte nur essen, wenn der ganze Körper schnaufend mitarbeitete –, so schmeckte ihm überdies die Milch, die sonst sein Lieblingsgetränk war und die ihm gewiß die Schwester deshalb hereingestellt hatte, gar nicht, ja er wandte sich fast mit Widerwillen von dem Napf ab und kroch in die Zimmermitte zurück.

Im Wohnzimmer war, wie Gregor durch die Türspalte sah, das Gas angezündet, aber während sonst zu dieser Tageszeit der Vater seine nachmittags erscheinende Zeitung der Mutter und manchmal auch der Schwester mit erhobener Stimme vorzulesen pflegte, hörte man jetzt keinen Laut. Nun vielleicht war dieses Vorlesen, von dem ihm die Schwester immer erzählte und schrieb, in der letzten Zeit überhaupt aus der Übung gekommen. Aber auch ringsherum war es so still, trotzdem doch gewiß die Wohnung nicht leer war. »Was für ein stilles Leben

II

No fue sino al anochecer que Gregor despertó de su pesado sueño; era como si se hubiera desmayado. Seguramente no se habría despertado mucho más tarde sin ser molestado, pues se sentía suficientemente descansado y reposado, pero le pareció que un paso fugaz y un cuidadoso cierre de la puerta que conducía al vestíbulo le habían despertado. El resplandor de la luz eléctrica de la calle se veía pálido aquí y allá en el techo y en las partes más altas de los muebles, pero abajo, donde estaba Gregor, todo era oscuro. Lentamente, todavía tanteando torpemente con sus antenas, que sólo ahora estaba aprendiendo a apreciar, se abrió paso hacia la puerta para ver qué había ocurrido allí. Su costado izquierdo parecía ser una larga llaga incómodamente tensa y tenía que caminar cojeando con regularidad sobre sus dos pares de patas. Una patita, por cierto, había resultado gravemente herida en el transcurso de los acontecimientos de la mañana —era casi un milagro que sólo se hubiera lastimado una— y se arrastraba sin vida.

Sólo cuando llegó a la puerta se dio cuenta de lo que realmente le había atraído hasta allí: había sido el olor de algo comestible. Había un cuenco lleno de leche dulce con pequeñas rebanadas de pan blanco flotando en él. Casi rió de alegría, pues tenía aún más hambre que por la mañana, e inmediatamente sumergió la cabeza casi hasta los ojos en la leche. Pero pronto, decepcionado, la retiró; no sólo le resultaba difícil comer a causa de su costado izquierdo —y sólo podía comer cuando todo su cuerpo le acompañaba, jadeando—, sino que la leche, que normalmente era su bebida favorita y que sin duda la hermana había puesto para él, no le sabía nada bien... y se apartó del cuenco casi con desgana y se arrastró de nuevo hasta el centro de la habitación.

En el salón, según vio Gregor a través de la rendija de la puerta, la luz a gas estaba encendida, pero mientras que normalmente a esta hora del día su padre leía en voz alta el periódico de la tarde a su madre y a veces también a su hermana, ahora no se oía ningún sonido. Quizá esta lectura en voz alta, de la que su hermana siempre le hablaba y le escribía, había caído en desuso últimamente. Pero también estaba todo tan tranquilo, aunque el apartamento, desde luego, no estaba vacío. «Qué vida tan tranquila llevaba la familia»,

die Familie doch führte,« sagte sich Gregor und fühlte, während er starr vor sich ins Dunkle sah, einen großen Stolz darüber, daß er seinen Eltern und seiner Schwester ein solches Leben in einer so schönen Wohnung hatte verschaffen können. Wie aber, wenn jetzt alle Ruhe, aller Wohlstand, alle Zufriedenheit ein Ende mit Schrecken nehmen sollte? Um sich nicht in solche Gedanken zu verlieren, setzte sich Gregor lieber in Bewegung und kroch im Zimmer auf und ab.

Einmal während des langen Abends wurde die eine Seitentüre und einmal die andere bis zu einer kleinen Spalte geöffnet und rasch wieder geschlossen; jemand hatte wohl das Bedürfnis hereinzukommen, aber auch wieder zu viele Bedenken. Gregor machte nun unmittelbar bei der Wohnzimmertür Halt, entschlossen, den zögernden Besucher doch irgendwie hereinzubringen oder doch wenigstens zu erfahren, wer es sei; aber nun wurde die Tür nicht mehr geöffnet und Gregor wartete vergebens. Früh, als die Türen versperrt waren, hatten alle zu ihm hereinkommen wollen, jetzt, da er die eine Tür geöffnet hatte und die anderen offenbar während des Tages geöffnet worden waren, kam keiner mehr, und die Schlüssel steckten nun auch von außen.

Spät erst in der Nacht wurde das Licht im Wohnzimmer ausgelöscht, und nun war leicht festzustellen, daß die Eltern und die Schwester so lange wachgeblieben waren, denn wie man genau hören konnte, entfernten sich jetzt alle drei auf den Fußspitzen. Nun kam gewiß bis zum Morgen niemand mehr zu Gregor herein; er hatte also eine lange Zeit, um ungestört zu überlegen, wie er sein Leben jetzt neu ordnen sollte. Aber das hohe freie Zimmer, in dem er gezwungen war, flach auf dem Boden zu liegen, ängstigte ihn, ohne daß er die Ursache herausfinden konnte, denn es war ja sein seit fünf Jahren von ihm bewohntes Zimmer – und mit einer halb unbewußten Wendung und nicht ohne eine leichte Scham eilte er unter das Kanapee, wo er sich, trotzdem sein Rücken ein wenig gedrückt wurde und trotzdem er den Kopf nicht mehr erheben konnte, gleich sehr behaglich fühlte und nur bedauerte, daß sein Körper zu breit war, um vollständig unter dem Kanapee untergebracht zu werden.

Dort blieb er die ganze Nacht, die er zum Teil im Halbschlaf, aus dem ihn der Hunger immer wieder aufschreckte, verbrachte, zum Teil aber in Sorgen und undeutlichen Hoffnungen, die aber alle zu dem Schlusse führten, daß er sich vorläufig ruhig verhalten und durch Geduld und

se dijo Gregor y, mientras miraba fijamente la oscuridad, sintió un gran orgullo por haber podido proporcionar a sus padres y a su hermana una vida así en un apartamento tan bello. Pero, ¿qué hacer si ahora toda la paz, toda la prosperidad, toda la satisfacción debían acabar de manera espantosa? Para no perderse en tales pensamientos Gregor decidió ponerse en movimiento y se arrastró arriba y abajo por la habitación.

Una vez, durante la larga noche, una y otra puerta lateral se abrieron hasta dejar una pequeña rendija y volvieron a cerrarse rápidamente; probablemente alguien sentía la necesidad de entrar, pero también tenía demasiadas dudas. Gregor se detuvo ante la puerta del salón, decidido a hacer entrar de algún modo al vacilante visitante o al menos a averiguar de quién se trataba; pero ahora la puerta no se abría y Gregor esperaba en vano. Antes, cuando las puertas estaban cerradas, todo el mundo había querido entrar, ahora que había abierto una puerta y las otras, obviamente, habían sido abiertas durante el día, ya no venía nadie... y las llaves también eran introducidas ahora desde el exterior.

Aquella noche, ya tarde, se apagó la luz del salón y fue fácil darse cuenta de que sus padres y su hermana se habían quedado despiertos todo ese tiempo, porque se les oía a los tres alejarse caminando de puntillas. Nadie entró a ver a Gregor hasta la mañana, así que tuvo mucho tiempo para pensar sin ser molestado en cómo debía reorganizar su vida. Pero la alta habitación vacía, donde se vio obligado a acostarse en el suelo, le aterraba, sin que pudiera averiguar la causa, pues al fin y al cabo era la habitación que había ocupado durante cinco años... y volviéndose, medio inconsciente, y no sin una ligera vergüenza, se apresuró a meterse debajo del sofá, donde, aunque tenía la espalda un poco oprimida, y aunque ya no podía levantar la cabeza, se sintió inmediatamente muy cómodo, y sólo lamentó que su cuerpo fuera demasiado ancho para acomodarse completamente debajo del sofá.

Allí se quedó toda la noche, que pasó en parte semidormido; el hambre no dejaba de despertarle y, en parte estaba sumido en preocupaciones y vagas esperanzas, todo lo cual le llevó a la conclusión de que por el momento tendría que guardar silencio y, con pacien-

größte Rücksichtnahme der Familie die Unannehmlichkeiten erträglich machen müsse, die er ihr in seinem gegenwärtigen Zustand nun einmal zu verursachen gezwungen war.

Schon am frühen Morgen, es war fast noch Nacht, hatte Gregor Gelegenheit, die Kraft seiner eben gefaßten Entschlüsse zu prüfen, denn vom Vorzimmer her öffnete die Schwester, fast völlig angezogen, die Tür und sah mit Spannung herein. Sie fand ihn nicht gleich, aber als sie ihn unter dem Kanapee bemerkte – Gott, er mußte doch irgendwo sein, er hatte doch nicht wegfliegen können – erschrak sie so sehr, daß sie, ohne sich beherrschen zu können, die Tür von außen wieder zuschlug. Aber als bereue sie ihr Benehmen, öffnete sie die Tür sofort wieder und trat, als sei sie bei einem Schwerkranken oder gar bei einem Fremden, auf den Fußspitzen herein. Gregor hatte den Kopf bis knapp zum Rande des Kanapees vorgeschoben und beobachtete sie. Ob sie wohl bemerken würde, daß er die Milch stehen gelassen hatte, und zwar keineswegs aus Mangel an Hunger, und ob sie eine andere Speise hereinbringen würde, die ihm besser entsprach? Täte sie es nicht von selbst, er wollte lieber verhungern, als sie darauf aufmerksam machen, trotzdem es ihn eigentlich ungeheuer drängte, unterm Kanapee vorzuschießen, sich der Schwester zu Füßen zu werfen und sie um irgend etwas Gutes zum Essen zu bitten. Aber die Schwester bemerkte sofort mit Verwunderung den noch vollen Napf, aus dem nur ein wenig Milch ringsherum verschüttet war, sie hob ihn gleich auf, zwar nicht mit den bloßen Händen, sondern mit einem Fetzen, und trug ihn hinaus. Gregor war äußerst neugierig, was sie zum Ersatze bringen würde, und er machte sich die verschiedensten Gedanken darüber. Niemals aber hätte er erraten können, was die Schwester in ihrer Güte wirklich tat. Sie brachte ihm, um seinen Geschmack zu prüfen, eine ganze Auswahl, alles auf einer alten Zeitung ausgebreitet. Da war altes halbverfaultes Gemüse; Knochen vom Nachtmahl her, die von festgewordener weißer Sauce umgeben waren; ein paar Rosinen und Mandeln; ein Käse, den Gregor vor zwei Tagen für ungenießbar erklärt hatte; ein trockenes Brot, ein mit Butter beschmiertes Brot und ein mit Butter beschmiertes und gesalzenes Brot. Außerdem stellte sie zu dem allen noch den wahrscheinlich ein für allemal für Gregor bestimmten Napf, in den sie Wasser gegossen hatte. Und aus Zartgefühl, da sie wußte, daß Gregor vor ihr nicht essen würde, entfernte sie sich eiligst und drehte sogar den Schlüssel um, damit nur Gregor merken könne, daß er es sich so behaglich machen dürfe, wie er wolle. Gregors Beinchen schwirrten, als

cia y la mayor consideración, hacer que la familia soportara las molestias que se veía obligado a causarles en su actual estado.

A primera hora de la mañana, aún era casi de noche, Gregor tuvo ocasión de comprobar la solidez de los propósitos que acababa de tomar pues, desde el vestíbulo, la hermana, casi completamente vestida, abrió la puerta y miró hacia dentro con excitación. No lo encontró de inmediato, pero cuando reparó en él bajo el sofá —Dios, debe de estar en alguna parte, no puede haberse ido volando— se asustó tanto que, sin poder controlarse, volvió a cerrar la puerta de golpe desde fuera. Pero, como si se arrepintiera de su comportamiento, ella volvió a abrir inmediatamente la puerta y entró de puntillas, como si estuviera con una persona gravemente enferma o incluso con un desconocido. Gregor había levantado la cabeza hasta el borde del sofá y la observaba. ¿Se daría cuenta de que él había dejado la leche, no por falta de hambre, y le traería otra comida que le sentara mejor? Si ella no lo hacía por su propia iniciativa él prefería morirse de hambre antes que llamarle la atención, aunque sentía unas ganas tremendas de apresurarse bajo el sofá, arrojarse a los pies de la hermana y pedirle algo bueno de comer. Pero la hermana notó enseguida con asombro el cuenco aún lleno, del que sólo se había derramado un poco de leche, lo recogió inmediatamente, no con las manos desnudas sino con un trapo, y se lo llevó. Gregor sentía una gran curiosidad por lo que ella aportaría como reemplazo, y pensó en ello de diferentes maneras. Pero nunca hubiera podido adivinar lo que la hermana, en su bondad, hacía en realidad. Para probar su gusto, ella le trajo toda una selección, extendida sobre un viejo periódico. Había verduras viejas medio podridas; huesos de la comida de la noche rodeados de salsa blanca congelada; unas cuantas pasas sultanas y almendras; un queso que Gregor había declarado incomible hacía dos días; una hogaza de pan seca, otra untada con mantequilla y otra untada con mantequilla y sal. Además de todo esto, puso el cuenco en el que había vertido agua, probablemente destinado a Gregor de una vez por todas. Y, por delicadeza, sabiendo que Gregor no comería delante de ella, se retiró con prisa e incluso dio la vuelta a la llave para que Gregor se diera cuenta de que podía ponerse tan cómodo como quisiera. A Gregor le zumbaban las patitas cuando se disponía a comer. Sus heridas, por cierto, también debían de haber cicatrizado por completo, ya no sentía

es jetzt zum Essen ging. Seine Wunden mußten übrigens auch schon vollständig geheilt sein, er fühlte keine Behinderung mehr, er staunte darüber und dachte daran, wie er vor mehr als einem Monat sich mit dem Messer ganz wenig in den Finger geschnitten, und wie ihm diese Wunde noch vorgestern genug wehgetan hatte. »Sollte ich jetzt weniger Feingefühl haben?« dachte er und saugte schon gierig an dem Käse, zu dem es ihn vor allen anderen Speisen sofort und nachdrücklich gezogen hatte. Rasch hintereinander und mit vor Befriedigung tränenden Augen verzehrte er den Käse, das Gemüse und die Sauce; die frischen Speisen dagegen schmeckten ihm nicht, er konnte nicht einmal ihren Geruch vertragen und schleppte sogar die Sachen, die er essen wollte, ein Stückchen weiter weg. Er war schon längst mit allem fertig und lag nur noch faul auf der gleichen Stelle, als die Schwester zum Zeichen, daß er sich zurückziehen solle, langsam den Schlüssel umdrehte. Das schreckte ihn sofort auf, trotzdem er schon fast schlummerte, und er eilte wieder unter das Kanapee. Aber es kostete ihn große Selbstüberwindung, auch nur die kurze Zeit, während welcher die Schwester im Zimmer war, unter dem Kanapee zu bleiben, denn von dem reichlichen Essen hatte sich sein Leib ein wenig gerundet, und er konnte dort in der Enge kaum atmen. Unter kleinen Erstickungsanfällen sah er mit etwas hervorgequollenen Augen zu, wie die nichtsahnende Schwester mit einem Besen nicht nur die Überbleibsel zusammenkehrte, sondern selbst die von Gregor gar nicht berührten Speisen, als seien also auch diese nicht mehr zu gebrauchen, und wie sie alles hastig in einen Kübel schüttete, den sie mit einem Holzdeckel schloß, worauf sie alles hinaustrug. Kaum hatte sie sich umgedreht, zog sich schon Gregor unter dem Kanapee hervor und streckte und blähte sich.

Auf diese Weise bekam nun Gregor täglich sein Essen, einmal am Morgen, wenn die Eltern und das Dienstmädchen noch schliefen, das zweitemal nach dem allgemeinen Mittagessen, denn dann schliefen die Eltern gleichfalls noch ein Weilchen, und das Dienstmädchen wurde von der Schwester mit irgendeiner Besorgung weggeschickt. Gewiß wollten auch sie nicht, daß Gregor verhungere, aber vielleicht hätten sie es nicht ertragen können, von seinem Essen mehr als durch Hörensagen zu erfahren, vielleicht wollte die Schwester ihnen auch eine möglicherweise nur kleine Trauer ersparen, denn tatsächlich litten sie ja gerade genug.

Mit welchen Ausreden man an jenem ersten Vormittag den Arzt und

ninguna incapacidad, se maravilló de ello y pensó en cómo se había cortado muy levemente el dedo con el cuchillo hacía más de un mes y en cómo esta herida aún le había dolido bastante anteayer. «¿Será que soy menos sensible ahora?» pensó, y ya estaba chupando con avidez el queso al que se había sentido inmediata y enfáticamente atraído antes que a cualquier otro alimento. Rápidamente, una cosa tras otra, y con los ojos llorosos de satisfacción, se comió el queso, las verduras y la salsa; la comida fresca, en cambio, no era de su gusto, ni siquiera soportaba su olor e incluso arrastraba las cosas que quería comer un poco más lejos. Hacía tiempo que lo había terminado todo y estaba perezosamente recostado en el mismo sitio cuando la hermana giró lentamente la llave para indicarle que debía retirarse. Esto le sobresaltó de inmediato, aunque ya estaba casi dormido, y se apresuró a volver bajo el sofá. Pero necesitó mucha confianza en sí mismo para permanecer bajo el sofá incluso durante el poco tiempo que la hermana estuvo en la habitación, porque su cuerpo estaba un poco redondeado por la rica comida y apenas podía respirar en el estrecho sitio. Con pequeños ataques de asfixia observó con los ojos algo hinchados cómo la desprevenida hermana barría con una escoba no sólo las sobras, sino incluso los alimentos que Gregor no había tocado, como si éstos tampoco fueran ya aprovechables, y cómo lo vertía todo apresuradamente en un cubo, que cerró con una tapa de madera, tras lo cual se lo llevó todo. Apenas se había dado la vuelta cuando Gregor salió de debajo del sofá y se estiró y respiró hondo.

De este modo Gregor recibía su comida todos los días, una vez por la mañana cuando los padres y la criada aún dormían, la segunda vez después de la comida general, porque entonces los padres también seguían durmiendo un rato, y la criada era enviada por la hermana con algún recado. Desde luego, tampoco querían que Gregor se muriera de hambre, pero tal vez no podían soportar saber de su comida más que de oídas, tal vez la hermana también quería evitarles lo que podría haber sido sólo un pequeño disgusto, pues de hecho ya estaban sufriendo bastante.

Gregor no pudo averiguar qué excusas se habían utilizado para

den Schlosser wieder aus der Wohnung geschafft hatte, konnte Gregor gar nicht erfahren, denn da er nicht verstanden wurde, dachte niemand daran, auch die Schwester nicht, daß er die anderen verstehen könne, und so mußte er sich, wenn die Schwester in seinem Zimmer war, damit begnügen, nur hier und da ihre Seufzer und Anrufe der Heiligen zu hören. Erst später, als sie sich ein wenig an alles gewöhnt hatte – von vollständiger Gewöhnung konnte natürlich niemals die Rede sein –, erhaschte Gregor manchmal eine Bemerkung, die freundlich gemeint war oder so gedeutet werden konnte. »Heute hat es ihm aber geschmeckt,« sagte sie, wenn Gregor unter dem Essen tüchtig aufgeräumt hatte, während sie im gegenteiligen Fall, der sich allmählich immer häufiger wiederholte, fast traurig zu sagen pflegte: »Nun ist wieder alles stehengeblieben.«

Während aber Gregor unmittelbar keine Neuigkeit erfahren konnte, erhorchte er manches aus den Nebenzimmern, und wo er nun einmal Stimmen hörte, lief er gleich zu der betreffenden Tür und drückte sich mit ganzem Leib an sie. Besonders in der ersten Zeit gab es kein Gespräch, das nicht irgendwie wenn auch nur im geheimen, von ihm handelte. Zwei Tage lang waren bei allen Mahlzeiten Beratungen darüber zu hören, wie man sich jetzt verhalten solle; aber auch zwischen den Mahlzeiten sprach man über das gleiche Thema, denn immer waren zumindest zwei Familienmitglieder zu Hause, da wohl niemand allein zu Hause bleiben wollte und man die Wohnung doch auf keinen Fall gänzlich verlassen konnte. Auch hatte das Dienstmädchen gleich am ersten Tag – es war nicht ganz klar, was und wieviel sie von dem Vorgefallenen wußte – kniefällig die Mutter gebeten, sie sofort zu entlassen, und als sie sich eine Viertelstunde danach verabschiedete, dankte sie für die Entlassung unter Tränen, wie für die größte Wohltat, die man ihr hier erwiesen hatte, und gab, ohne daß man es von ihr verlangte, einen fürchterlichen Schwur ab, niemandem auch nur das geringste zu verraten.

Nun mußte die Schwester im Verein mit der Mutter auch kochen; allerdings machte das nicht viel Mühe, denn man aß fast nichts. Immer wieder hörte Gregor, wie der eine den anderen vergebens zum Essen aufforderte und keine andere Antwort bekam, als: »Danke ich habe genug« oder etwas Ähnliches. Getrunken wurde vielleicht auch nichts. Öfters fragte die Schwester den Vater, ob er Bier haben wolle, und herzlich erbot sie sich, es selbst zu holen, und als der Vater schwieg, sagte

sacar al médico y al cerrajero del apartamento aquella primera mañana, pues como a él no se le entendía, nadie pensó, ni siquiera la hermana, que pudiera entender a los demás, y así, cuando la hermana estaba en su habitación, él tenía que contentarse sólo con oír sus suspiros e invocaciones a los santos aquí y allá. Sólo más tarde, cuando ella se había acostumbrado un poco —por supuesto, nunca podía hablarse de un acostumbramiento completo—, Gregor captaba a veces un comentario que pretendía ser amistoso o que podía interpretarse así. «Parece que hoy le ha gustado», decía ella cuando Gregor había terminado la comida, mientras que en el caso contrario, que poco a poco se hizo cada vez más frecuente, decía casi con tristeza: «Ahora ha vuelto a dejar todo».

Pero aunque Gregor no podía oír directamente ninguna noticia, oía hablar desde la habitación contigua y, cuando oía voces, corría inmediatamente hacia la puerta en cuestión y se apretaba contra ella con todo su cuerpo. Especialmente en los primeros días no había una sola conversación que no le concerniera de alguna manera, aunque sólo fuera en secreto. Durante dos días, en cada comida, hubo discusiones sobre qué hacer ahora; pero, incluso entre comidas, ellos hablaban del mismo tema, porque siempre había al menos dos miembros de la familia en casa, ya que nadie quería quedarse solo en casa y no había modo de que abandonaran el apartamento por completo. Además, el primer día —no estaba muy claro qué y cuánto sabía de lo que había sucedido— la otra criada se había arrodillado y le había pedido a su madre que la despidiera inmediatamente y, cuando se despidió un cuarto de hora después, le agradeció el despido con lágrimas, como si se tratara de la mayor bendición que le habían hecho y, sin que se lo pidiera, prestó un terrible juramento de no contarle a nadie ni lo más mínimo.

Ahora la hermana, junto con la madre, también tenía que cocinar; pero eso no era mucha molestia, porque no comían casi nada. Una y otra vez Gregor oía a una de ellas pedir en vano a la otra que comiera y no obtener otra respuesta que: «Gracias, ya he comido bastante», o algo parecido. Puede que tampoco bebieran nada. A menudo la hermana preguntaba al padre si quería cerveza y cordialmente se ofrecía a traerla ella misma y, cuando el padre permanecía en silen-

sie, um ihm jedes Bedenken zu nehmen, sie könne auch die Hausmeisterin darum schicken, aber dann sagte der Vater schließlich ein großes »Nein«, und es wurde nicht mehr davon gesprochen.

Schon im Laufe des ersten Tages legte der Vater die ganzen Vermögensverhältnisse und Aussichten sowohl der Mutter als auch der Schwester dar. Hie und da stand er vom Tische auf und holte aus seiner kleinen Wertheimkassa, die er aus dem vor fünf Jahren erfolgten Zusammenbruch seines Geschäftes gerettet hatte, irgendeinen Beleg oder irgendein Vormerkbuch. Man hörte, wie er das komplizierte Schloß aufsperrte und nach Entnahme des Gesuchten wieder verschloß. Diese Erklärungen des Vaters waren zum Teil das erste Erfreuliche, was Gregor seit seiner Gefangenschaft zu hören bekam. Er war der Meinung gewesen, daß dem Vater von jenem Geschäft her nicht das Geringste übriggeblieben war, zumindest hatte ihm der Vater nichts Gegenteiliges gesagt, und Gregor allerdings hatte ihn auch nicht darum gefragt. Gregors Sorge war damals nur gewesen, alles daranzusetzen, um die Familie das geschäftliche Unglück, das alle in eine vollständige Hoffnungslosigkeit gebracht hatte, möglichst rasch vergessen zu lassen. Und so hatte er damals mit ganz besonderem Feuer zu arbeiten angefangen und war fast über Nacht aus einem kleinen Kommis ein Reisender geworden, der natürlich ganz andere Möglichkeiten des Geldverdienens hatte, und dessen Arbeitserfolge sich sofort in Form der Provision zu Bargeld verwandelten, das der erstaunten und beglückten Familie zu Hause auf den Tisch gelegt werden konnte. Es waren schöne Zeiten gewesen, und niemals nachher hatten sie sich, wenigstens in diesem Glanze, wiederholt, trotzdem Gregor später so viel Geld verdiente, daß er den Aufwand der ganzen Familie zu tragen imstande war und auch trug. Man hatte sich eben daran gewöhnt, sowohl die Familie, als auch Gregor, man nahm das Geld dankbar an, er lieferte es gern ab, aber eine besondere Wärme wollte sich nicht mehr ergeben. Nur die Schwester war Gregor doch noch nahe geblieben, und es war sein geheimer Plan, sie, die zum Unterschied von Gregor Musik sehr liebte und rührend Violine zu spielen verstand, nächstes Jahr, ohne Rücksicht auf die großen Kosten, die das verursachen mußte, und die man schon auf andere Weise hereinbringen würde, auf das Konservatorium zu schicken. Öfters während der kurzen Aufenthalte Gregors in der Stadt wurde in den Gesprächen mit der Schwester das Konservatorium erwähnt, aber immer nur als schöner Traum, an dessen Verwirklichung nicht zu denken war, und die Eltern hörten nicht einmal diese unschuldigen Er-

cio, ella decía, para quitarle cualquier recelo que pudiera tener, que también podía enviar al conserje a por ella, pero entonces el padre finalmente decía un rotundo «no», y no se hablaba más del tema.

En el transcurso del primer día, el padre explicó toda la situación financiera y las perspectivas tanto a la madre como a la hermana. De vez en cuando se levantaba de la mesa y sacaba un recibo o un libro de contabilidad de su pequeña caja de caudales Wertheim, que había salvado del colapso de su negocio cinco años atrás. Se le oía abrir la complicada cerradura y volver a cerrarla después de sacar lo que buscaba. Estas explicaciones del padre eran, en parte, la primera cosa agradable que Gregor oyó desde su cautiverio. Había creído que a su padre no le quedaba nada del negocio, al menos su padre no le había dicho nada que indicara lo contrario y Gregor tampoco le había preguntado al respecto. La única preocupación de Gregor en aquel momento había sido hacer todo lo posible por ayudar a la familia a olvidar cuanto antes la desgracia empresarial que los había llevado a todos a una completa desesperanza. Y así había empezado a trabajar con un ardor extraordinario y se había convertido casi de la noche a la mañana en un viajante de un pequeño comercio, que naturalmente ofrecía posibilidades completamente distintas de ganar dinero y cuyos éxitos laborales se convertían inmediatamente en dinero contante y sonante en forma de comisión, que se podía poner sobre la mesa para la asombrada y encantada familia en casa. Aquéllos habían sido buenos tiempos y nunca después se habían repetido, al menos con este esplendor, aunque Gregor ganara más tarde tanto dinero que pudo, y de hecho lo hizo, correr con los gastos de toda la familia. Acabaron por acostumbrarse, tanto la familia como Gregor, aceptaron agradecidos el dinero, él lo entregó con gusto, pero ya no surgió un calor especial. Sólo su hermana había permanecido unida a Gregor, y era el plan secreto de Gregor enviarla a ella, que a diferencia de Gregor amaba mucho la música y sabía tocar muy bien el violín, al conservatorio el próximo año, independientemente de los grandes gastos que habría que afrontar y que se recaudarían de algún otro modo. A menudo, durante las cortas estancias de Gregor en la ciudad, se mencionaba el conservatorio en las conversaciones con su hermana, pero siempre sólo como un bello sueño en cuya realización no se podía pensar, y a los padres ni siquiera les gustaba oír estas inocentes menciones; pero Gregor pensaba en ello muy decididamente y tenía la inten-

wähnungen gern; aber Gregor dachte sehr bestimmt daran und beabsichtigte, es am Weihnachtsabend feierlich zu erklären.

Solche in seinem gegenwärtigen Zustand ganz nutzlose Gedanken gingen ihm durch den Kopf, während er dort aufrecht an der Türe klebte und horchte. Manchmal konnte er vor allgemeiner Müdigkeit gar nicht mehr zuhören und ließ den Kopf nachlässig gegen die Tür schlagen, hielt ihn aber sofort wieder fest, denn selbst das kleine Geräusch, das er damit verursacht hatte, war nebenan gehört worden und hatte alle verstummen lassen. »Was er nur wieder treibt,« sagte der Vater nach einer Weile, offenbar zur Türe hingewendet, und dann erst wurde das unterbrochene Gespräch allmählich wieder aufgenommen.

Gregor erfuhr nun zur Genüge – denn der Vater pflegte sich in seinen Erklärungen öfters zu wiederholen, teils, weil er selbst sich mit diesen Dingen schon lange nicht beschäftigt hatte, teils auch, weil die Mutter nicht alles gleich beim erstenmal verstand –, daß trotz allen Unglücks ein allerdings ganz kleines Vermögen aus der alten Zeit noch vorhanden war, das die nicht angerührten Zinsen in der Zwischenzeit ein wenig hatten anwachsen lassen. Außerdem aber war das Geld, das Gregor allmonatlich nach Hause gebracht hatte – er selbst hatte nur ein paar Gulden für sich behalten –, nicht vollständig aufgebraucht worden und hatte sich zu einem kleinen Kapital angesammelt. Gregor, hinter seiner Türe, nickte eifrig, erfreut über diese unerwartete Vorsicht und Sparsamkeit. Eigentlich hätte er ja mit diesen überschüssigen Geldern die Schuld des Vaters gegenüber dem Chef weiter abgetragen haben können, und jener Tag, an dem er diesen Posten hätte loswerden können, wäre weit näher gewesen, aber jetzt war es zweifellos besser so, wie es der Vater eingerichtet hatte.

Nun genügte dieses Geld aber ganz und gar nicht, um die Familie etwa von den Zinsen leben zu lassen; es genügte vielleicht, um die Familie ein, höchstens zwei Jahre zu erhalten, mehr war es nicht. Es war also bloß eine Summe, die man eigentlich nicht angreifen durfte, und die für den Notfall zurückgelegt werden mußte; das Geld zum Leben aber mußte man verdienen. Nun war aber der Vater ein zwar gesunder, aber alter Mann, der schon fünf Jahre nichts gearbeitet hatte und sich jedenfalls nicht viel zutrauen durfte; er hatte in diesen fünf Jahren, welche die ersten Ferien seines mühevollen und doch erfolglosen Lebens waren, viel Fett angesetzt und war dadurch recht schwerfällig ge-

ción de declararlo solemnemente en Nochebuena.

Tales pensamientos, bastante inútiles en su estado actual, le rondaban por la cabeza mientras permanecía pegado a la puerta, escuchando. A veces no podía seguir escuchando debido a su fatiga generalizada y dejaba que su cabeza se golpeara descuidadamente contra la puerta, pero enseguida volvía a sostenerla, porque incluso el pequeño ruido que hacía con ella se oía en la puerta de al lado y silenciaba a todo el mundo. «¿Qué hace esta vez?», dijo el padre al cabo de un rato, obviamente mirando hacia la puerta, y sólo entonces se reanudaba gradualmente la conversación interrumpida.

Gregor supo ahora lo suficiente —pues su padre solía reiterar a menudo sus explicaciones, en parte porque él mismo hacía mucho tiempo que no se ocupaba de estas cosas, en parte también porque su madre no lo entendía todo la primera vez—: a pesar de toda la desgracia aún quedaba un patrimonio muy escaso de los viejos tiempos, que el interés intacto había hecho aumentar un poco entretanto. Pero además, el dinero que Gregor había traído a casa cada mes —él mismo sólo se había quedado con unos pocos florines— no se había gastado del todo y había formado un pequeño capital. Gregor, detrás de su puerta, asintió con entusiasmo, complacido por esta inesperada prudencia y este ahorro. En realidad, podría haber utilizado estos fondos sobrantes para saldar aún más pronto la deuda de su padre con el jefe y el día en que hubiera podido deshacerse de este puesto habría estado mucho más cerca, pero ahora esta manera en que su padre lo había dispuesto era indudablemente la mejor.

Pero este dinero no era en absoluto suficiente para que la familia viviera de los intereses; quizá bastaba para mantener a la familia durante uno o dos años como máximo, pero eso era todo. Así que sólo era una suma que en realidad no se podía tocar y que había que guardar para emergencias; el dinero para vivir, sin embargo, había que ganarlo. Ahora bien, el padre era un hombre sano pero viejo que no había trabajado durante cinco años y que, en cualquier caso, no tenía confianza en sí mismo para hacer gran cosa; había engordado mucho durante esos cinco años, que fueron las primeras vacaciones de su ardua y sin embargo fracasada vida, y se había

worden. Und die alte Mutter sollte nun vielleicht Geld verdienen, die an Asthma litt, der eine Wanderung durch die Wohnung schon Anstrengung verursachte, und die jeden zweiten Tag in Atembeschwerden auf dem Sofa beim offenen Fenster verbrachte? Und die Schwester sollte Geld verdienen, die noch ein Kind war mit ihren siebzehn Jahren, und der ihre bisherige Lebensweise so sehr zu gönnen war, die daraus bestanden hatte, sich nett zu kleiden, lange zu schlafen, in der Wirtschaft mitzuhelfen, an ein paar bescheidenen Vergnügungen sich zu beteiligen und vor allem Violine zu spielen? Wenn die Rede auf diese Notwendigkeit des Geldverdienens kam, ließ zuerst immer Gregor die Türe los und warf sich auf das neben der Tür befindliche kühle Ledersofa, denn ihm war ganz heiß vor Beschämung und Trauer.

Oft lag er dort die ganzen langen Nächte über, schlief keinen Augenblick und scharrte nur stundenlang auf dem Leder. Oder er scheute nicht die große Mühe, einen Sessel zum Fenster zu schieben, dann die Fensterbrüstung hinaufzukriechen und, in den Sessel gestemmt, sich ans Fenster zu lehnen, offenbar nur in irgendeiner Erinnerung an das Befreiende, das früher für ihn darin gelegen war, aus dem Fenster zu schauen. Denn tatsächlich sah er von Tag zu Tag die auch nur ein wenig entfernten Dinge immer undeutlicher; das gegenüberliegende Krankenhaus, dessen nur allzu häufigen Anblick er früher verflucht hatte, bekam er überhaupt nicht mehr zu Gesicht, und wenn er nicht genau gewußt hätte, daß er in der stillen, aber völlig städtischen Charlottenstraße wohnte, hätte er glauben können, von seinem Fenster aus in eine Einöde zu schauen in welcher der graue Himmel und die graue Erde ununterscheidbar sich vereinigten. Nur zweimal hatte die aufmerksame Schwester sehen müssen, daß der Sessel beim Fenster stand, als sie schon jedesmal, nachdem sie das Zimmer aufgeräumt hatte, den Sessel wieder genau zum Fenster hinschob, ja sogar von nun ab den inneren Fensterflügel offen ließ.

Hätte Gregor nur mit der Schwester sprechen und ihr für alles danken können, was sie für ihn machen mußte, er hätte ihre Dienste leichter ertragen; so aber litt er darunter. Die Schwester suchte freilich die Peinlichkeit des Ganzen möglichst zu verwischen, und je längere Zeit verging, desto besser gelang es ihr natürlich auch, aber auch Gregor durchschaute mit der Zeit alles viel genauer. Schon ihr Eintritt war für ihn schrecklich. Kaum war sie eingetreten, lief sie, ohne sich Zeit zu ne-

vuelto bastante pesado como consecuencia de ello. ¿Y se suponía que ahora debía ganar dinero la anciana madre, que sufría de asma, para quien incluso un simple recorrido por el apartamento suponía un esfuerzo y que además pasaba día de por medio con dificultades respiratorias en el sofá, junto a la ventana abierta? ¿Y se suponía que debía ganar dinero la hermana, que a los diecisiete años seguía siendo una niña y que había tenido un modo de vida envidiable anteriormente, que había consistido en vestirse bien, dormir hasta tarde, ayudar en la casa, participar en algunas modestas diversiones y, sobre todo, tocar el violín? Cada vez que se mencionaba esta necesidad de ganar dinero, lo primero que hacía Gregor era soltarse de la puerta y tirarse en el fresco sofá de cuero que había junto a la puerta, pues sentía calor de la vergüenza y la tristeza.

A menudo se pasaba allí toda la noche, sin dormir ni un momento y sólo arañando el cuero durante horas. Otras veces no se ahorraba el gran esfuerzo y empujaba un sillón hasta la ventana, luego se arrastraba hasta el alféizar y, apoyándose en el sillón, se asomaba a la ventana, al parecer sólo recordando la liberación que una vez había supuesto para él mirar por la ventana. Porque, en efecto, de un día para otro veía las cosas, incluso las más lejanas, cada vez con menos distinción; el hospital de enfrente, cuya presencia solía maldecir con demasiada frecuencia, ya no llegaba a verlo en absoluto y, si no hubiera sabido con exactitud que vivía en la tranquila pero completamente urbana Charlottenstrasse, podría haber pensado que miraba desde su ventana a un páramo en el que el cielo gris y la tierra gris se unían indistintamente. La atenta hermana sólo había tenido que observar en dos ocasiones que el sillón estaba junto a la ventana para que, cada vez, después de ordenar la habitación, empujara el sillón exactamente hacia la ventana, dejando incluso la hoja interior de la ventana abierta a partir de entonces.

Si Gregor tan sólo hubiera podido hablar con la hermana y agradecerle todo lo que había hecho por él habría soportado sus servicios con más facilidad; pero tal como estaban las cosas, sufría. Por supuesto, la hermana trató de disimular lo más posible lo embarazoso de todo aquello y, cuanto más tiempo pasaba, mejor lo conseguía, pero con el tiempo Gregor también lo vio todo mucho más claro. Incluso su entrada era terrible para él. En cuanto entraba,

hmen, die Türe zu schließen, so sehr sie sonst darauf achtete, jedem den Anblick von Gregors Zimmer zu ersparen, geradewegs zum Fenster und riß es, als ersticke sie fast, mit hastigen Händen auf, blieb auch, selbst wenn es noch so kalt war, ein Weilchen beim Fenster und atmete tief. Mit diesem Laufen und Lärmen erschreckte sie Gregor täglich zweimal; die ganze Zeit über zitterte er unter dem Kanapee und wußte doch sehr gut, daß sie ihn gewiß gerne damit verschont hätte, wenn es ihr nur möglich gewesen wäre, sich in einem Zimmer, in dem sich Gregor befand, bei geschlossenem Fenster aufzuhalten.

Einmal, es war wohl schon ein Monat seit Gregors Verwandlung vergangen, und es war doch schon für die Schwester kein besonderer Grund mehr, über Gregors Aussehen in Erstaunen zu geraten, kam sie ein wenig früher als sonst und traf Gregor noch an, wie er, unbeweglich und so recht zum Erschrecken aufgestellt, aus dem Fenster schaute. Es wäre für Gregor nicht unerwartet gewesen, wenn sie nicht eingetreten wäre, da er sie durch seine Stellung verhinderte, sofort das Fenster zu öffnen, aber sie trat nicht nur nicht ein, sie fuhr sogar zurück und schloß die Tür; ein Fremder hätte geradezu denken können, Gregor habe ihr aufgelauert und habe sie beißen wollen. Gregor versteckte sich natürlich sofort unter dem Kanapee, aber er mußte bis zum Mittag warten, ehe die Schwester wiederkam, und sie schien viel unruhiger als sonst. Er erkannte daraus, daß ihr sein Anblick noch immer unerträglich war und ihr auch weiterhin unerträglich bleiben müsse, und daß sie sich wohl sehr überwinden mußte, vor dem Anblick auch nur der kleinen Partie seines Körpers nicht davonzulaufen, mit der er unter dem Kanapee hervorragte. Um ihr auch diesen Anblick zu ersparen, trug er eines Tages auf seinem Rücken – er brauchte zu dieser Arbeit vier Stunden – das Leintuch auf das Kanapee und ordnete es in einer solchen Weise an, daß er nun gänzlich verdeckt war, und daß die Schwester, selbst wenn sie sich bückte, ihn nicht sehen konnte. Wäre dieses Leintuch ihrer Meinung nach nicht nötig gewesen, dann hätte sie es ja entfernen können, denn daß es nicht zum Vergnügen Gregors gehören konnte, sich so ganz und gar abzusperren, war doch klar genug, aber sie ließ das Leintuch, so wie es war, und Gregor glaubte sogar einen dankbaren Blick erhascht zu haben, als er einmal mit dem Kopf vorsichtig das Leintuch ein wenig lüftete, um nachzusehen, wie die Schwester die neue Einrichtung aufnahm.

In den ersten vierzehn Tagen konnten es die Eltern nicht über sich

corría directamente a la ventana sin tomarse la molestia de cerrar la puerta, tan cuidadosa que solía ser para evitar a todo el mundo la visión de la habitación de Gregor, y, casi asfixiada, la abría de un tirón, aunque hiciera frío, quedándose un rato junto a la ventana y respirando profundamente. Asustaba a Gregor dos veces al día con estas corridas y ruidos; todo el tiempo estaba él temblando bajo el sofá y, sin embargo, sabía muy bien que a ella sin duda le hubiera gustado ahorrárselo, si tan sólo le hubiera sido posible quedarse en la habitación donde estaba Gregor con la ventana cerrada.

Una vez, probablemente había pasado un mes desde la metamorfosis de Gregor y ya no había motivo para que la hermana se asombrara de la aparición de Gregor, ella llegó un poco antes de lo habitual y encontró a Gregor mirando por la ventana, inmóvil y amenazante. A Gregor no le habría resultado extraño que ella no hubiera entrado, ya que su posición le impedía abrir inmediatamente la ventana, pero no sólo ella no entró, sino que incluso retrocedió y cerró la puerta; un extraño casi podría haber pensado que Gregor la había asaltado y quería morderla. Por supuesto, Gregor se escondió inmediatamente bajo el sofá, pero tuvo que esperar hasta el mediodía hasta que la hermana regresó; y ella parecía mucho más inquieta de lo habitual. A partir de ahí se dio cuenta de que su presencia seguía siendo insoportable para ella, e iba a seguir siéndolo, y que tendría que sobreponerse mucho para no huir incluso ante la simple visión de la parte más pequeña de su cuerpo que sobresaliera por debajo del sofá. Para evitarle esta visión a ella un día él cargó la sábana sobre su espalda —le llevó cuatro horas hacer este trabajo— hasta el sofá y la dispuso de tal manera que ahora estaba completamente cubierto y que la hermana, incluso si se agachaba, no podía verlo. Si, en su opinión, esta sábana no hubiera sido necesaria, ella podría haberla quitado, pues estaba suficientemente claro que no podía ser del agrado de Gregor encerrarse por completo, pero ella dejó la sábana tal como estaba y Gregor incluso creyó captar una mirada de agradecimiento cuando una vez levantó un poco la sábana con la cabeza, cuidadosamente, para ver cómo tomaba la hermana la nueva configuración.

Durante los primeros quince días los padres no se atrevían a venir

bringen, zu ihm hereinzukommen, und er hörte oft, wie sie die jetzige Arbeit der Schwester völlig anerkannten, während sie sich bisher häufig über die Schwester geärgert hatten, weil sie ihnen als ein etwas nutzloses Mädchen erschienen war. Nun aber warteten oft beide, der Vater und die Mutter, vor Gregors Zimmer, während die Schwester dort aufräumte, und kaum war sie herausgekommen, mußte sie ganz genau erzählen, wie es in dem Zimmer aussah, was Gregor gegessen hatte, wie er sich diesmal benommen hatte, und ob vielleicht eine kleine Besserung zu bemerken war. Die Mutter übrigens wollte verhältnismäßig bald Gregor besuchen, aber der Vater und die Schwester hielten sie zuerst mit Vernunftgründen zurück, denen Gregor sehr aufmerksam zuhörte, und die er vollständig billigte. Später aber mußte man sie mit Gewalt zurückhalten, und wenn sie dann rief: »Laßt mich doch zu Gregor, er ist ja mein unglücklicher Sohn! Begreift ihr es denn nicht, daß ich zu ihm muß?«, dann dachte Gregor, daß es vielleicht doch gut wäre, wenn die Mutter hereinkäme, nicht jeden Tag natürlich, aber vielleicht einmal in der Woche; sie verstand doch alles viel besser als die Schwester, die trotz all ihrem Mute doch nur ein Kind war und im letzten Grunde vielleicht nur aus kindlichem Leichtsinn eine so schwere Aufgabe übernommen hatte.

Der Wunsch Gregors, die Mutter zu sehen, ging bald in Erfüllung. Während des Tages wollte Gregor schon aus Rücksicht auf seine Eltern sich nicht beim Fenster zeigen, kriechen konnte er aber auf den paar Quadratmetern des Fußbodens auch nicht viel, das ruhige Liegen ertrug er schon während der Nacht schwer, das Essen machte ihm bald nicht mehr das geringste Vergnügen, und so nahm er zur Zerstreuung die Gewohnheit an, kreuz und quer über Wände und Plafond zu kriechen. Besonders oben an der Decke hing er gern; es war ganz anders, als das Liegen auf dem Fußboden; man atmete freier; ein leichtes Schwingen ging durch den Körper, und in der fast glücklichen Zerstreutheit, in der sich Gregor dort oben befand, konnte es geschehen, daß er zu seiner eigenen Überraschung sich losließ und auf den Boden klatschte. Aber nun hatte er natürlich seinen Körper ganz anders in der Gewalt als früher und beschädigte sich selbst bei einem so großen Falle nicht. Die Schwester nun bemerkte sofort die neue Unterhaltung, die Gregor für sich gefunden hatte – er hinterließ ja auch beim Kriechen hie und da Spuren seines Klebstoffes –, und da setzte sie es sich in den Kopf, Gregor das Kriechen in größtem Ausmaße zu ermöglichen und die Möbel, die es verhinderten, also vor allem den Kasten und den Sch-

a verle y él oía a menudo cómo aprobaban por completo el trabajo que realizaba la hermana, mientras que antes se habían resentido a menudo con ella porque les había parecido una chica un tanto inútil. Ahora, sin embargo, tanto el padre como la madre esperaban a menudo fuera de la habitación de Gregor mientras la hermana la arreglaba y, en cuanto salía, tenía que contarles exactamente qué aspecto tenía la habitación, qué había comido Gregor, cómo se había comportado esta vez y si acaso había una ligera mejoría. La madre, por cierto, quería visitar a Gregor relativamente pronto, pero el padre y la hermana la retuvieron al principio con razones de peso, que Gregor escuchó muy atentamente y aprobó por completo. Más tarde, sin embargo, hubo que retenerla por la fuerza y cuando gritó: «¡Déjame ver a Gregor, es mi infeliz hijo! ¿No comprendes que tengo que ir a verle?», entonces Gregor pensó que tal vez sería bueno que su madre viniera, no todos los días, por supuesto, sino quizá una vez a la semana; ella lo comprendía todo mucho mejor que la hermana, que a pesar de todo su valor seguía siendo sólo una niña y tal vez sólo había asumido una tarea tan difícil debido a una imprudencia infantil.

El deseo de Gregor de ver a su madre se cumplió pronto. Durante el día Gregor no quería asomarse a la ventana por consideración a sus padres, pero no tenía mucho espacio para arrastrarse por los escasos metros cuadrados de superficie, le costaba estarse quieto durante la noche... comer pronto dejó de serle lo más placentero... por lo que adoptó la costumbre de trepar por las paredes y el techo para distraerse. Le gustaba especialmente colgarse del techo; era muy diferente a estar tendido en el suelo; se respiraba más libremente; un ligero balanceo recorría el cuerpo y, en el casi feliz ensimismamiento en el que Gregor se encontraba allí arriba, podía ocurrir que, para su propia sorpresa, se soltara y golpeara el suelo. Pero ahora, por supuesto, tenía un dominio del cuerpo completamente diferente al de antes y no se había dañado ni siquiera con una caída tan brusca. La hermana se dio cuenta enseguida del nuevo entretenimiento que Gregor había encontrado para sí mismo —además dejaba rastros de su pegamento aquí y allá cuando trepaba— y entonces se le ocurrió hacer lo posible para que Gregor pudiera trepar al máximo y retirar los muebles que se lo impedían, sobre todo el baúl y el escritorio. Sin embargo, ella sola no podía hacerlo; no se

reibtisch, wegzuschaffen. Nun war sie aber nicht imstande, dies allein zu tun; den Vater wagte sie nicht um Hilfe zu bitten; das Dienstmädchen hätte ihr ganz gewiß nicht geholfen, denn dieses etwa sechzehnjährige Mädchen harrte zwar tapfer seit Entlassung der früheren Köchin aus, hatte aber um die Vergünstigung gebeten, die Küche unaufhörlich versperrt halten zu dürfen und nur auf besonderen Anruf öffnen zu müssen; so blieb der Schwester also nichts übrig, als einmal in Abwesenheit des Vaters die Mutter zu holen. Mit Ausrufen erregter Freude kam die Mutter auch heran, verstummte aber an der Tür vor Gregors Zimmer. Zuerst sah natürlich die Schwester nach, ob alles im Zimmer in Ordnung war; dann erst ließ sie die Mutter eintreten. Gregor hatte in größter Eile das Leintuch noch tiefer und mehr in Falten gezogen, das Ganze sah wirklich nur wie ein zufällig über das Kanapee geworfenes Leintuch aus. Gregor unterließ auch diesmal, unter dem Leintuch zu spionieren; er verzichtete darauf, die Mutter schon diesmal zu sehen, und war nur froh, daß sie nun doch gekommen war. »Komm nur, man sieht ihn nicht,« sagte die Schwester, und offenbar führte sie die Mutter an der Hand. Gregor hörte nun, wie die zwei schwachen Frauen den immerhin schweren alten Kasten von seinem Platze rückten, und wie die Schwester immerfort den größten Teil der Arbeit für sich beanspruchte, ohne auf die Warnungen der Mutter zu hören, welche fürchtete, daß sie sich überanstrengen werde. Es dauerte sehr lange. Wohl nach schon viertelstündiger Arbeit sagte die Mutter, man solle den Kasten doch lieber hier lassen, denn erstens sei er zu schwer, sie würden vor Ankunft des Vaters nicht fertig werden und mit dem Kasten in der Mitte des Zimmers Gregor jeden Weg verrammeln, zweitens aber sei es doch gar nicht sicher, daß Gregor mit der Entfernung der Möbel ein Gefallen geschehe. Ihr scheine das Gegenteil der Fall zu sein; ihr bedrücke der Anblick der leeren Wand geradezu das Herz; und warum solle nicht auch Gregor diese Empfindung haben, da er doch an die Zimmermöbel längst gewöhnt sei und sich deshalb im leeren Zimmer verlassen fühlen werde. »Und ist es dann nicht so,« schloß die Mutter ganz leise, wie sie überhaupt fast flüsterte, als wolle sie vermeiden, daß Gregor, dessen genauen Aufenthalt sie ja nicht kannte, auch nur den Klang der Stimme höre, denn daß er die Worte nicht verstand, davon war sie überzeugt, »und ist es nicht so, als ob wir durch die Entfernung der Möbel zeigten, daß wir jede Hoffnung auf Besserung aufgeben und ihn rücksichtslos sich selbst überlassen? Ich glaube, es wäre das beste, wir suchen das Zimmer genau in dem Zustand zu erhalten, in dem es früher war, damit Gregor, wenn er wieder zu uns zurückkommt, alles unverändert findet

atrevía a pedir ayuda a su padre; la criada, desde luego, no la habría ayudado, pues esta muchacha de unos dieciséis años, aunque había perseverado valientemente desde el despido de la anterior cocinera, había solicitado el privilegio de que se le permitiera mantener la cocina permanentemente cerrada y sólo tener que abrirla en caso de alguna necesidad especial; así que a la hermana no le quedó más remedio que ir a buscar a su madre en una ocasión, en ausencia de su padre. Con exclamaciones de excitada alegría, la madre se acercó, pero se quedó callada ante la puerta de la habitación de Gregor. Primero, por supuesto, la hermana comprobó que todo estaba en orden en la habitación; sólo entonces permitió entrar a la madre. Gregor se había apresurado a estirar la sábana cada vez más hacia los pliegues; el conjunto parecía realmente una sábana tirada al azar sobre el sofá. En esta ocasión, Gregor se abstuvo asimismo de espiar bajo la sábana; se abstuvo de ver a su madre esta vez y se alegró únicamente de que, después de todo, hubiera venido. «¡Ven, no se le ve!», dijo la hermana, y obviamente llevó a la madre de la mano. Gregor oyó ahora cómo las dos débiles mujeres movían el pesado y viejo baúl de su sitio y cómo la hermana se adjudicaba la mayor parte del trabajo, sin escuchar las advertencias de la madre, que temía que se esforzara demasiado. Les llevó mucho tiempo. Después de un cuarto de hora de trabajo la madre dijo que sería mejor dejar el baúl allí porque, en primer lugar, era demasiado pesado, no podrían terminarlo antes de que llegara su padre y, con el baúl en medio de la habitación, le bloquearían el paso a Gregor y, en segundo lugar, no estaba nada segura de que le estuvieran haciendo un favor quitando los muebles. A ella le parecía todo lo contrario; la visión de la pared vacía le deprimía el corazón; y por qué no iba a tener Gregor también este sentimiento, ya que hacía tiempo que estaba acostumbrado a los muebles de la habitación y, por lo tanto, se sentiría abandonado en la habitación vacía. «¿Y no es acaso», concluyó la madre en voz muy baja, casi susurrando, como si quisiera evitar que Gregor, cuyo paradero exacto desconocía, oyera siquiera el sonido de la voz, pues estaba convencida de que él no entendía las palabras, «y no es acaso que al quitar los muebles demostramos que renunciamos a toda esperanza de mejora y le abandonamos sin piedad a su propia suerte? Creo que lo mejor será que procuremos mantener la habitación exactamente en las mismas condiciones que antes, para que cuando Gregor vuelva con nosotros lo encuentre todo sin cambios y le resulte más fácil olvidar lo ocurrido

und um so leichter die Zwischenzeit vergessen kann.«

Beim Anhören dieser Worte der Mutter erkannte Gregor, daß der Mangel jeder unmittelbaren menschlichen Ansprache, verbunden mit dem einförmigen Leben inmitten der Familie, im Laufe dieser zwei Monate seinen Verstand hatte verwirren müssen, denn anders konnte er es sich nicht erklären, daß er ernsthaft darnach hatte verlangen können, daß sein Zimmer ausgeleert würde. Hatte er wirklich Lust, das warme, mit ererbten Möbeln gemütlich ausgestattete Zimmer in eine Höhle verwandeln zu lassen, in der er dann freilich nach allen Richtungen ungestört würde kriechen können, jedoch auch unter gleichzeitigem, schnellen, gänzlichen Vergessen seiner menschlichen Vergangenheit? War er doch jetzt schon nahe daran, zu vergessen, und nur die seit langem nicht gehörte Stimme der Mutter hatte ihn aufgerüttelt. Nichts sollte entfernt werden, alles mußte bleiben, die guten Einwirkungen der Möbel auf seinen Zustand konnte er nicht entbehren; und wenn die Möbel ihn hinderten, das sinnlose Herumkriechen zu betreiben, so war es kein Schaden, sondern ein großer Vorteil.

Aber die Schwester war leider anderer Meinung; sie hatte sich, allerdings nicht ganz unberechtigt, angewöhnt, bei Besprechung der Angelegenheiten Gregors als besonders Sachverständige gegenüber den Eltern aufzutreten, und so war auch jetzt der Rat der Mutter für die Schwester Grund genug, auf der Entfernung nicht nur des Kastens und des Schreibtisches, an die sie zuerst allein gedacht hatte, sondern auf der Entfernung sämtlicher Möbel, mit Ausnahme des unentbehrlichen Kanapees, zu bestehen. Es war natürlich nicht nur kindlicher Trotz und das in der letzten Zeit so unerwartet und schwer erworbene Selbstvertrauen, das sie zu dieser Forderung bestimmte; sie hatte doch auch tatsächlich beobachtet, daß Gregor viel Raum zum Kriechen brauchte, dagegen die Möbel, soweit man sehen konnte, nicht im geringsten benützte. Vielleicht aber spielte auch der schwärmerische Sinn der Mädchen ihres Alters mit, der bei jeder Gelegenheit seine Befriedigung sucht, und durch den Grete jetzt sich dazu verlocken ließ, die Lage Gregors noch schreckenerregender machen zu wollen, um dann noch mehr als bis jetzt für ihn leisten zu können. Denn in einem Raum, in dem Gregor ganz allein die leeren Wände beherrschte, würde wohl kein Mensch außer Grete jemals einzutreten sich getrauen.

Und so ließ sie sich von ihrem Entschlusse durch die Mutter nicht ab-

entretanto».

Al escuchar las palabras de su madre Gregor se dio cuenta de que la falta de cualquier discurso humano directo unida a la monótona vida en medio de la familia debían de haber confundido su mente en el transcurso de estos dos meses, pues no había otra forma de explicar que pudiera pedir seriamente que vaciaran su habitación. ¿Realmente quería que la cálida habitación, cómodamente amueblada con muebles heredados, se convirtiera en una cueva en la que luego podría arrastrarse sin ser molestado en todas direcciones, pero al mismo tiempo olvidar rápida y completamente su pasado humano? Estaba ya a punto de olvidar... y sólo la voz de su madre, que no oía desde hacía mucho tiempo, le había despertado. No había que quitar nada, todo debía permanecer, no podía prescindir de los buenos resultados que darían los muebles sobre su condición; y si los muebles le impedían arrastrarse sin sentido, no era ningún perjuicio, sino una gran ventaja.

Pero la hermana opinaba desgraciadamente de otro modo; había adquirido la costumbre, aunque no del todo injustificada, de actuar como una experta en la materia frente a los padres cuando se discutían los asuntos de Gregor, por lo que incluso ahora el consejo de la madre era razón suficiente para que la hermana insistiera en la retirada no sólo del baúl y el escritorio, como a ella se le había ocurrido en un principio, sino de todos los muebles, a excepción del indispensable sofá. Por supuesto, no fue sólo la rebeldía infantil y la confianza en sí misma que había adquirido tan inesperadamente y con tanta dificultad en los últimos tiempos lo que la determinó a hacer esta exigencia, de hecho, había observado que Gregor necesitaba mucho espacio para arrastrarse, pero, por lo que se veía, no utilizaba los muebles en absoluto. Sin embargo, tal vez también influyera el sentido arrebatador de las niñas de su edad, que buscan satisfacción en cualquier oportunidad, y Grete se dejó llevar ahora por la tentación de querer hacer aún más aterradora la situación de Gregor, para poder hacer aún más por él que antes. Porque en una habitación en la que Gregor gobernaba él solo las paredes vacías, probablemente nadie salvo Grete se atrevería a entrar.

Y así, su madre, que por su intranquilidad, parecía insegura de

bringen, die auch in diesem Zimmer vor lauter Unruhe unsicher schien, bald verstummte und der Schwester nach Kräften beim Hinausschaffen des Kastens half. Nun, den Kasten konnte Gregor im Notfall noch entbehren, aber schon der Schreibtisch mußte bleiben. Und kaum hatten die Frauen mit dem Kasten, an dem sie sich ächzend drückten, das Zimmer verlassen, als Gregor den Kopf unter dem Kanapee hervorstieß, um zu sehen, wie er vorsichtig und möglichst rücksichtsvoll eingreifen könnte. Aber zum Unglück war es gerade die Mutter, welche zuerst zurückkehrte, während Grete im Nebenzimmer den Kasten umfangen hielt und ihn allein hin und her schwang, ohne ihn natürlich von der Stelle zu bringen. Die Mutter aber war Gregors Anblick nicht gewöhnt, er hätte sie krank machen können, und so eilte Gregor erschrocken im Rückwärtslauf bis an das andere Ende des Kanapees, konnte es aber nicht mehr verhindern, daß das Leintuch vorne ein wenig sich bewegte. Das genügte, um die Mutter aufmerksam zu machen. Sie stockte, stand einen Augenblick still und ging dann zu Grete zurück.

Trotzdem sich Gregor immer wieder sagte, daß ja nichts Außergewöhnliches geschehe, sondern nur ein paar Möbel umgestellt würden, wirkte doch, wie er sich bald eingestehen mußte, dieses Hin- und Hergehen der Frauen, ihre kleinen Zurufe, das Kratzen der Möbel auf dem Boden, wie ein großer, von allen Seiten genährter Trubel auf ihn, und er mußte sich, so fest er Kopf und Beine an sich zog und den Leib bis an den Boden drückte, unweigerlich sagen, daß er das Ganze nicht lange aushalten werde. Sie räumten ihm sein Zimmer aus; nahmen ihm alles, was ihm lieb war; den Kasten, in dem die Laubsäge und andere Werkzeuge lagen, hatten sie schon hinausgetragen; lockerten jetzt den schon im Boden fest eingegrabenen Schreibtisch, an dem er als Handelsakademiker, als Bürgerschüler, ja sogar schon als Volksschüler seine Aufgaben geschrieben hatte, – da hatte er wirklich keine Zeit mehr, die guten Absichten zu prüfen, welche die zwei Frauen hatten, deren Existenz er übrigens fast vergessen hatte, denn vor Erschöpfung arbeiteten sie schon stumm, und man hörte nur das schwere Tappen ihrer Füße.

Und so brach er denn hervor – die Frauen stützten sich gerade im Nebenzimmer an den Schreibtisch, um ein wenig zu verschnaufen –, wechselte viermal die Richtung des Laufes, er wußte wirklich nicht, was er zuerst retten sollte, da sah er an der im übrigen schon leeren Wand auffallend das Bild der in lauter Pelzwerk gekleideten Dame hängen,

sí misma en esta habitación, no la disuadió de su decisión, pronto se calló y ayudó a la hermana en la medida de sus posibilidades a sacar el baúl. Bueno, Gregor aún podía prescindir del baúl en caso que fuera necesario, pero el escritorio tenía que quedarse. Apenas habían salido las mujeres de la habitación con el baúl, contra el que rezongaban, cuando Gregor asomó la cabeza por debajo del sofá para ver cómo podía intervenir con cuidado y con la mayor consideración posible. Pero, por desgracia, fue la madre quien regresó primero, mientras Grete sostenía el baúl en la habitación contigua y lo zarandeaba sola de un lado a otro, sin moverlo, por supuesto, de su sitio. La madre, sin embargo, no estaba acostumbrada a la presencia de Gregor, podía sentarle mal, así que Gregor, asustado, se apresuró a retroceder hasta el otro extremo del sofá, pero ya no pudo evitar que la parte de adelante de la sábana se moviera un poco. Eso bastó para llamar la atención de su madre. Ella vaciló, se quedó quieta un momento y luego volvió junto a Grete.

Aunque Gregor se repetía a sí mismo que no pasaba nada extraordinario, sino que sólo movían algunos muebles, pronto tuvo que admitir que el ir y venir de las mujeres, sus pequeños gritos, el raspar de los muebles en el suelo, le producían un gran efecto, que llegaba de todas partes, y tuvo que decirse a sí mismo, por mucho que apretara la cabeza y las piernas contra sí y apretara el cuerpo contra el suelo, que no sería capaz de soportar todo aquello durante mucho tiempo. Despejaron su habitación; se llevaron todo lo que le era querido; ya se habían llevado el baúl en el que estaba la sierra de calar y otras herramientas; ahora habían desprendido el escritorio, que estaba firmemente clavado en el suelo, en el que había realizado sus tareas en la escuela de comercio, en el instituto, incluso como alumno de primaria... realmente no podía dedicar más tiempo a contemplar las buenas intenciones de las dos mujeres, cuya existencia, por cierto, casi había olvidado, pues ya estaban haciendo su tarea en silencio, debido al agotamiento, y sólo se oía el pesado pisar de sus pies.

Así que salió disparado —las mujeres se apoyaban en el escritorio de la habitación contigua para recuperar el aliento—, cambió de dirección cuatro veces, realmente no sabía qué debía salvar primero, entonces vio la imagen de la dama envuelta en pieles que colgaba llamativamente en la pared, por lo demás ya vacía, trepó apresura-

kroch eilends hinauf und preßte sich an das Glas, das ihn festhielt und seinem heißen Bauch wohltat. Dieses Bild wenigstens, das Gregor jetzt ganz verdeckte, würde nun gewiß niemand wegnehmen. Er verdrehte den Kopf nach der Tür des Wohnzimmers, um die Frauen bei ihrer Rückkehr zu beobachten.

Sie hatten sich nicht viel Ruhe gegönnt und kamen schon wieder; Grete hatte den Arm um die Mutter gelegt und trug sie fast. »Also was nehmen wir jetzt?« sagte Grete und sah sich um, Da kreuzten sich ihre Blicke mit denen Gregors an der Wand. Wohl nur infolge der Gegenwart der Mutter behielt sie ihre Fassung, beugte ihr Gesicht zur Mutter, um diese vom Herumschauen abzuhalten, und sagte, allerdings zitternd und unüberlegt: »Komm, wollen wir nicht lieber auf einen Augenblick noch ins Wohnzimmer zurückgehen?« Die Absicht Gretes war für Gregor klar, sie wollte die Mutter in Sicherheit bringen und dann ihn von der Wand hinunterjagen. Nun, sie konnte es ja immerhin versuchen! Er saß auf seinem Bild und gab es nicht her. Lieber würde er Grete ins Gesicht springen.

Aber Gretes Worte hatten die Mutter erst recht beunruhigt, sie trat zur Seite, erblickte den riesigen braunen Fleck auf der geblümten Tapete, rief, ehe ihr eigentlich zum Bewußtsein kam, daß das Gregor war, was sie sah, mit schreiender, rauher Stimme: »Ach Gott, ach Gott!« und fiel mit ausgebreiteten Armen, als gebe sie alles auf, über das Kanapee hin und rührte sich nicht. »Du, Gregor!« rief die Schwester mit erhobener Faust und eindringlichen Blicken. Es waren seit der Verwandlung die ersten Worte, die sie unmittelbar an ihn gerichtet hatte. Sie lief ins Nebenzimmer, um irgendeine Essenz zu holen, mit der sie die Mutter aus ihrer Ohnmacht wecken könnte; Gregor wollte auch helfen – zur Rettung des Bildes war noch Zeit –; er klebte aber fest an dem Glas und mußte sich mit Gewalt losreißen; er lief dann auch ins Nebenzimmer, als könne er der Schwester irgendeinen Rat geben, wie in früherer Zeit; mußte aber dann untätig hinter ihr stehen; während sie in verschiedenen Fläschchen kramte, erschreckte sie noch, als sie sich umdrehte; eine Flasche fiel auf den Boden und zerbrach; ein Splitter verletzte Gregor im Gesicht, irgendeine ätzende Medizin umfloß ihn; Grete nahm nun, ohne sich länger aufzuhalten, so viele Fläschchen, als sie nur halten konnte, und rannte mit ihnen zur Mutter hinein; die Tür schlug sie mit dem Fuße zu. Gregor war nun von der Mutter abgeschlossen, die durch seine Schuld vielleicht dem Tode nahe war; die Tür

damente y se apretó contra el cristal que lo sujetaba y le hizo bien a
su estómago caliente. Al menos este cuadro, que ahora Gregor cu-
bría por completo, seguro que ahora no se lo quitarían. Volvió la
cabeza hacia la puerta del salón para ver regresar a las mujeres.

No se habían tomado mucho descanso y ya estaban volviendo;
Grete había rodeado a su madre con el brazo y casi la llevaba en
andas. «¿Y ahora qué sacamos?», dijo Grete y miró a su alrededor,
entonces sus ojos se cruzaron con los de Gregor en la pared. Probablemente sólo gracias a la presencia de su madre mantuvo la com-
postura, inclinó la cara hacia ella para impedir que mirara a su alrededor y dijo, aunque temblorosa e impetuosamente: «Vamos, ¿no
sería mejor que volviéramos al salón un momento?». La intención
de Grete estaba clara para Gregor, quería poner a salvo a la madre
y luego perseguirle por el muro. Bueno, ¡que lo intente! Se sentó
sobre su cuadro y no quiso abandonarlo. Prefería saltarle a Grete
a la cara.

Pero las palabras de Grete habían realmente preocupado a su
madre, que se hizo a un lado, vio la enorme mancha marrón en el
papel pintado floreado y gritó con voz áspera: «¡Oh Dios, oh Dios!»,
antes de ser realmente consciente de que era Gregor a quien estaba
viendo, y se dejó caer sobre el sofá con los brazos extendidos como
si lo diera todo por perdido y se quedó inmóvil. «¡Gregor!», gritó la
hermana con el puño en alto y una mirada penetrante. Eran las primeras palabras que le dirigía directamente desde la metamorfosis.
Ella corrió a la habitación contigua a buscar alguna esencia con la
que pudiera despertar a la madre de su desmayo; Gregor también
quiso ayudar —todavía había tiempo para salvar el cuadro—, pero
estaba pegado firmemente al cristal y tuvo que arrancarse por la
fuerza; luego también corrió a la habitación contigua como si pudiera dar algún consejo a la hermana, como en otros tiempos, pero
entonces tuvo que quedarse detrás de ella, sin hacer nada; mientras ella rebuscaba entre varias botellas, ella se sobresaltó al darse
la vuelta; una botella cayó al suelo y se rompió; una astilla hirió la
cara de Gregor, un poco de medicina corrosiva fluyó a su alrededor;
Grete ahora, sin demorarse más, tomó tantas botellas como pudo
sostener y corrió con ellas hacia su madre; cerró la puerta de golpe
con el pie. Gregor estaba ahora encerrado y apartado de su madre,

durfte er nicht öffnen, wollte er die Schwester, die bei der Mutter bleiben mußte, nicht verjagen; er hatte jetzt nichts zu tun, als zu warten; und von Selbstvorwürfen und Besorgnis bedrängt, begann er zu kriechen, überkroch alles, Wände, Möbel und Zimmerdecke und fiel endlich in seiner Verzweiflung, als sich das ganze Zimmer schon um ihn zu drehen anfing, mitten auf den großen Tisch.

Es verging eine kleine Weile, Gregor lag matt da, ringsherum war es still, vielleicht war das ein gutes Zeichen. Da läutete es. Das Mädchen war natürlich in ihrer Küche eingesperrt und Grete mußte daher öffnen gehen. Der Vater war gekommen. »Was ist geschehen?« waren seine ersten Worte; Gretes Aussehen hatte ihm wohl alles verraten. Grete antwortete mit dumpfer Stimme, offenbar drückte sie ihr Gesicht an des Vaters Brust: »Die Mutter war ohnmächtig, aber es geht ihr schon besser. Gregor ist ausgebrochen.« »Ich habe es ja erwartet,« sagte der Vater, »ich habe es euch ja immer gesagt, aber ihr Frauen wollt nicht hören.« Gregor war es klar, daß der Vater Gretes allzukurze Mitteilung schlecht gedeutet hatte und annahm, daß Gregor sich irgendeine Gewalttat habe zuschulden kommen lassen. Deshalb mußte Gregor den Vater jetzt zu besänftigen suchen, denn ihn aufzuklären hatte er weder Zeit noch Möglichkeit. Und so flüchtete er sich zur Tür seines Zimmers und drückte sich an sie, damit der Vater beim Eintritt vom Vorzimmer her gleich sehen könne, daß Gregor die beste Absicht habe, sofort in sein Zimmer zurückzukehren, und daß es nicht nötig sei, ihn zurückzutreiben, sondern daß man nur die Tür zu öffnen brauchte, und gleich werde er verschwinden.

Aber der Vater war nicht in der Stimmung, solche Feinheiten zu bemerken. »Ah!« rief er gleich beim Eintritt in einem Tone, als sei er gleichzeitig wütend und froh. Gregor zog den Kopf von der Tür zurück und hob ihn gegen den Vater. So hatte er sich den Vater wirklich nicht vorgestellt, wie er jetzt dastand; allerdings hatte er in der letzten Zeit über dem neuartigen Herumkriechen versäumt, sich so wie früher um die Vorgänge in der übrigen Wohnung zu kümmern, und hätte eigentlich darauf gefaßt sein müssen, veränderte Verhältnisse anzutreffen. Trotzdem, trotzdem, war das noch der Vater? Der gleiche Mann, der müde im Bett vergraben lag, wenn früher Gregor zu einer Geschäftsreise ausgerückt war; der ihn an Abenden der Heimkehr im

que tal vez estaba a punto de morir por su culpa; no podía abrir la puerta si no quería ahuyentar a su hermana, que tenía que quedarse con su madre; ya no tenía nada que hacer más que esperar y, agobiado por los reproches hacia sí mismo y la preocupación, empezó a arrastrarse, arrastrándose por encima de todo, paredes, muebles y techo y, finalmente, en su desesperación, cuando toda la habitación ya había empezado a girar a su alrededor, cayó en medio de la gran mesa.

Pasó un rato, Gregor yacía allí extenuado, todo a su alrededor estaba tranquilo, tal vez eso fuera una buena señal. Entonces sonó el timbre. La criada estaba encerrada en la cocina, por supuesto, y Grete tuvo que abrir la puerta. El padre había llegado. «¿Qué ha pasado?», fueron sus primeras palabras; el aspecto de Grete probablemente se lo había dicho todo. Grete respondió con voz apagada, evidentemente apretando la cara contra el pecho de su padre: «Mamá se desmayó, pero ya está mejor. Gregor ha escapado». «Me lo esperaba», dijo el padre, «siempre se los digo, pero ustedes las mujeres no quieren escuchar». Para Gregor estaba claro que el padre había malinterpretado el mensaje demasiado breve de Grete y había supuesto que Gregor había sido culpable de algún acto violento. Por lo tanto, ahora Gregor tenía que intentar calmar a su padre, porque no tenía ni el tiempo ni la oportunidad de explicarle. Y así, se dirigió a la puerta de su habitación y se apretó contra ella, de modo que su padre, al entrar desde el vestíbulo, podía ver en el acto que Gregor tenía la mejor intención de regresar a su habitación de inmediato y que no era necesario hacerle retroceder, sino que bastaba con abrir la puerta y desaparecería en un momento.

Pero el padre no estaba de humor para fijarse en tales sutilezas. «¡Ah!», exclamó nada más entrar, en un tono especial, como si estuviera enfadado y contento al mismo tiempo. Gregor apartó la cabeza de la puerta y la levantó hacia su padre. Realmente no se había imaginado a su padre como era ahora; sin embargo, había descuidado prestar la misma atención a lo que ocurría en el resto del apartamento como lo había hecho en el pasado y debería haber estado preparado para encontrarse con un cambio de circunstancias. Pero, a pesar de todo, ¿seguía siendo éste el padre? ¿El mismo hombre que yacía agotado en la cama cuando Gregor partía para un viaje de negocios en el pasado; que lo recibía en bata en el sillón

Schlafrock im Lehnstuhl empfangen hatte; gar nicht recht imstande war, aufzustehen, sondern zum Zeichen der Freude nur die Arme gehoben hatte, und der bei den seltenen gemeinsamen Spaziergängen an ein paar Sonntagen im Jahr und an den höchsten Feiertagen zwischen Gregor und der Mutter, die schon an und für sich langsam gingen, immer noch ein wenig langsamer, in seinen alten Mantel eingepackt, mit stets vorsichtig aufgesetztem Krückstock sich vorwärts arbeitete und, wenn er etwas sagen wollte, fast immer stillstand und seine Begleitung um sich versammelte? Nun aber war er doch gut aufgerichtet; in eine straffe blaue Uniform mit Goldknöpfen gekleidet, wie sie Diener der Bankinstitute tragen; über dem hohen steifen Kragen des Rockes entwickelte sich sein starkes Doppelkinn; unter den buschigen Augenbrauen drang der Blick der schwarzen Augen frisch und aufmerksam hervor; das sonst zerzauste weiße Haar war zu einer peinlich genauen, leuchtenden Scheitelfrisur niedergekämmt. Er warf seine Mütze, auf der ein Goldmonogramm, wahrscheinlich das einer Bank, angebracht war, über das ganze Zimmer im Bogen auf das Kanapee hin und ging, die Enden seines langen Uniformrockes zurückgeschlagen, die Hände in den Hosentaschen, mit verbissenem Gesicht auf Gregor zu. Er wußte wohl selbst nicht, was er vorhatte; immerhin hob er die Füße ungewöhnlich hoch, und Gregor staunte über die Riesengröße seiner Stiefelsohlen. Doch hielt er sich dabei nicht auf, er wußte ja noch vom ersten Tage seines neuen Lebens her, daß der Vater ihm gegenüber nur die größte Strenge für angebracht ansah. Und so lief er vor dem Vater her, stockte, wenn der Vater stehen blieb, und eilte schon wieder vorwärts, wenn sich der Vater nur rührte. So machten sie mehrmals die Runde um das Zimmer, ohne daß sich etwas Entscheidendes ereignete, ja ohne daß das Ganze infolge seines langsamen Tempos den Anschein einer Verfolgung gehabt hätte. Deshalb blieb auch Gregor vorläufig auf dem Fußboden, zumal er fürchtete, der Vater könnte eine Flucht auf die Wände oder den Plafond für besondere Bosheit halten. Allerdings mußte sich Gregor sagen, daß er sogar dieses Laufen nicht lange aushalten würde, denn während der Vater einen Schritt machte, mußte er eine Unzahl von Bewegungen ausführen. Atemnot begann sich schon bemerkbar zu machen, wie er ja auch in seiner früheren Zeit keine ganz vertrauenswürdige Lunge besessen hatte. Als er nun so dahintorkelte, um alle Kräfte für den Lauf zu sammeln, kaum die Augen offenhielt; in seiner Stumpfheit an eine andere Rettung als durch Laufen gar nicht dachte; und fast schon vergessen hatte, daß ihm die Wände freistanden, die hier allerdings mit sorgfältig geschnitzten Möbeln voll Zacken und

las tardes de su regreso a casa; que no era siquiera capaz de mantenerse en pie, sino que sólo levantaba los brazos en señal de alegría y que, durante los raros paseos que daban juntos unos pocos domingos al año y en las festividades más importantes entre Gregor y su madre, que ya eran lentos de por sí, iba siempre un poco más despacio, envuelto en su viejo abrigo, abriéndose paso con su bastón con muleta siempre cautelosamente levantado y, cuando quería decir algo, casi siempre se quedaba quieto y reunía a su familia a su alrededor antes de hablar? Ahora, sin embargo, estaba bien erguido; vestido con un ceñido uniforme azul con botones dorados, como los que llevan los botones en los bancos; por encima del cuello alto y rígido del traje se destacaba su robusta papada; desde debajo de las pobladas cejas, la mirada de los ojos negros penetraba fresca y atenta; el pelo blanco, antes despeinado, estaba bien peinado, con una raya escrupulosamente precisa y brillante. Lanzó su gorra, que tenía un monograma dorado, probablemente el de un banco, haciendo un arco a través de la habitación hacia el sofá y, doblando hacia atrás los extremos de la larga falda de su uniforme, con las manos en los bolsillos del pantalón, caminó hacia Gregor con rostro adusto. Probablemente ni él mismo sabía lo que se traía entre manos; después de todo, levantaba los pies a una altura inusual y Gregor se maravilló del tamaño gigantesco de las suelas de sus botas. Pero no se detuvo ahí, pues sabía desde el primer día de su nueva vida que su padre sólo consideraba que con él tenía que ser severo al máximo. Así que corría delante de su padre, se detenía cuando su padre se detenía, y se apresuraba para avanzar de nuevo cuando su padre se movía. Así dieron varias vueltas a la habitación sin que ocurriera nada decisivo, es más, sin que todo el asunto tuviera la apariencia de una persecución debido a su lentitud. Por eso Gregor se quedó de momento en el suelo, sobre todo porque temía que su padre pensara que correr por las paredes o el techo fuera algo particularmente diabólico. Sin embargo, Gregor tuvo que decirse a sí mismo que no podría soportar ni siquiera esta carrera durante mucho tiempo, porque mientras su padre daba un paso, él tenía que hacer una miríada de movimientos. Ya empezaba a notar la falta de aliento (ya en sus primeros tiempos no había poseído unos pulmones del todo fiables). Mientras avanzaba tambaleándose, tratando de reunir todas sus fuerzas para la carrera, manteniendo a duras penas los ojos abiertos, en su estupor, sin pensar en otra forma de salvarse que corriendo, y casi olvidando que las paredes estaban

Spitzen verstellt waren – da flog knapp neben ihm, leicht geschleudert, irgend etwas nieder und rollte vor ihm her. Es war ein Apfel; gleich flog ihm ein zweiter nach; Gregor blieb vor Schrecken stehen; ein Weiterlaufen war nutzlos, denn der Vater hatte sich entschlossen, ihn zu bombardieren. Aus der Obstschale auf der Kredenz hatte er sich die Taschen gefüllt und warf nun, ohne vorläufig scharf zu zielen, Apfel für Apfel. Diese kleinen roten Äpfel rollten wie elektrisiert auf dem Boden herum und stießen aneinander. Ein schwach geworfener Apfel streifte Gregors Rücken, glitt aber unschädlich ab. Ein ihm sofort nachfliegender drang dagegen förmlich in Gregors Rücken ein; Gregor wollte sich weiterschleppen, als könne der überraschende unglaubliche Schmerz mit dem Ortswechsel vergehen; doch fühlte er sich wie festgenagelt und streckte sich in vollständiger Verwirrung aller Sinne. Nur mit dem letzten Blick sah er noch, wie die Tür seines Zimmers aufgerissen wurde, und vor der schreienden Schwester die Mutter hervoreilte, im Hemd, denn die Schwester hatte sie entkleidet, um ihr in der Ohnmacht Atemfreiheit zu verschaffen, wie dann die Mutter auf den Vater zulief und ihr auf dem Weg die aufgebundenen Röcke einer nach dem anderen zu Boden glitten, und wie sie stolpernd über die Röcke auf den Vater eindrang und ihn umarmend, in gänzlicher Vereinigung mit ihm – nun versagte aber Gregors Sehkraft schon – die Hände an des Vaters Hinterkopf um Schonung von Gregors Leben bat.

despejadas para él, aunque estaban cubiertas de muebles cuidadosamente tallados y llenos de pinchos y puntas... algo cayó volando justo a su lado, lanzado a la ligera, y rodó frente a él. Era una manzana; inmediatamente voló tras ella una segunda; Gregor se detuvo aterrorizado... seguir corriendo era inútil, pues su padre había decidido bombardearle. Se había llenado los bolsillos con el frutero del aparador y ahora, sin apuntar bien de momento, lanzaba manzana tras manzana. Estas pequeñas manzanas rojas rodaban por el suelo como electrizadas y chocaban unas con otras. Una manzana lanzada débilmente rozó la espalda de Gregor pero resbaló inofensivamente. Una que voló inmediatamente tras ella, en cambio, penetró literalmente en la espalda de Gregor; éste quiso arrastrarse, como si el sorprendente e increíble dolor pudiera pasar con el cambio de sitio; pero se sintió clavado al piso y se tendió en completa confusión de todos los sentidos. Sólo con su última mirada vio cómo se abría de un tirón la puerta de su habitación y cómo su madre salía corriendo delante de la hermana que gritaba, en mangas de camisa, pues ésta la había desvestido para dejarla respirar libremente en su inconsciencia, cómo la madre corría entonces hacia el padre y en el camino, una a una, las faldas que había desatado resbalaban hasta el suelo, y cómo tropezaba sobre las faldas hacia el padre y lo abrazaba, en completa unión con él —pero ahora la vista de Gregor ya fallaba—, suplicando con las manos sobre la nuca del padre que perdonara la vida a Gregor.

III.

Die schwere Verwundung Gregors, an der er über einen Monat litt – der Apfel blieb, da ihn niemand zu entfernen wagte, als sichtbares Andenken im Fleische sitzen –, schien selbst den Vater daran erinnert zu haben, daß Gregor trotz seiner gegenwärtigen traurigen und ekelhaften Gestalt ein Familienglied war, das man nicht wie einen Feind behandeln durfte, sondern dem gegenüber es das Gebot der Familienpflicht war, den Widerwillen hinunterzuschlucken und zu dulden, nichts als dulden.

Und wenn nun auch Gregor durch seine Wunde an Beweglichkeit wahrscheinlich für immer verloren hatte und vorläufig zur Durchquerung seines Zimmers wie ein alter Invalide lange, lange Minuten brauchte – an das Kriechen in der Höhe war nicht zu denken –, so bekam er für diese Verschlimmerung seines Zustandes einen seiner Meinung nach vollständig genügenden Ersatz dadurch, daß immer gegen Abend die Wohnzimmertür, die er schon ein bis zwei Stunden vorher scharf zu beobachten pflegte, geöffnet wurde, so daß er, im Dunkel seines Zimmers liegend, vom Wohnzimmer aus unsichtbar, die ganze Familie beim beleuchteten Tische sehen und ihre Reden, gewissermaßen mit allgemeiner Erlaubnis, also ganz anders als früher, anhören durfte.

Freilich waren es nicht mehr die lebhaften Unterhaltungen der früheren Zeiten, an die Gregor in den kleinen Hotelzimmern stets mit einigem Verlangen gedacht hatte, wenn er sich müde in das feuchte Bettzeug hatte werfen müssen. Es ging jetzt meist nur sehr still zu. Der Vater schlief bald nach dem Nachtessen in seinem Sessel ein; die Mutter und Schwester ermahnten einander zur Stille; die Mutter nähte, weit über das Licht vorgebeugt, feine Wäsche für ein Modengeschäft; die Schwester, die eine Stellung als Verkäuferin angenommen hatte, lernte am Abend Stenographie und Französisch, um vielleicht später einmal einen besseren Posten zu erreichen. Manchmal wachte der Vater auf, und als wisse er gar nicht, daß er geschlafen habe, sagte er zur Mutter: »Wie lange du heute schon wieder nähst!« und schlief sofort wieder ein, während Mutter und Schwester einander müde zulächelten.

Mit einer Art Eigensinn weigerte sich der Vater, auch zu Hause seine Dieneruniform abzulegen; und während der Schlafrock nutzlos am

III

La grave herida de Gregor, que le afectó durante más de un mes
—la manzana, puesto que nadie se atrevió a quitársela, quedó como
un recuerdo visible en su carne—, parecía haber hecho comprender
incluso a su padre que Gregor, a pesar de su actual aspecto triste y
repugnante, era un miembro de la familia al que no se podía tratar
como a un enemigo, sino que hacia él era el deber familiar tragarse
las reticencias y tolerar, nada más que tolerar.

Y aunque Gregor hubiera perdido para siempre la movilidad a
causa de su herida y necesitara largos, larguísimos minutos para
cruzar su habitación como un viejo inválido —trepar hacia arriba
estaba fuera de cuestión—, se compensaba este empeoramiento de
su estado con lo que él consideraba un sustituto completamente
adecuado: que siempre hacia el anochecer se abría la puerta del
salón, que solía vigilar atentamente durante una o dos horas antes,
de modo que, acostado en la oscuridad de su habitación, invisible
desde el salón, se le permitía ver a toda la familia en la mesa iluminada y escuchar sus conversaciones, por así decirlo, con el permiso
de todos, de forma muy distinta a como lo hacía antes.

Hay que reconocer que ya no eran las animadas conversaciones
de antes que Gregor siempre había recordado con cierta añoranza
en las pequeñas habitaciones de hotel cuando se veía obligado a
arrojarse extenuado sobre las húmedas sábanas. Ahora todo estaba muy tranquilo. El padre se quedaba dormido en su sillón poco
después de cenar; la madre y la hermana se advertían mutuamente
que debían guardar silencio; la madre, inclinada sobre la luz, cosía
ropa fina para una tienda de modas; la hermana, que había acepta-
do un puesto de dependienta, aprendía taquigrafía y francés por las
tardes, quizá para llegar a tener un puesto mejor más adelante. A
veces el padre se despertaba y, como si no supiera que había estado
durmiendo, le decía a la madre: «¡Cuánto tiempo llevas cosiendo
hoy, de nuevo!», e inmediatamente volvía a dormirse, mientras la
madre y la hermana se sonreían cansadas.

Con una especie de terquedad, el padre se negaba a quitarse el
uniforme de botones también en casa; y mientras la bata colgaba

Kleiderhaken hing, schlummerte der Vater vollständig angezogen auf seinem Platz, als sei er immer zu seinem Dienste bereit und warte auch hier auf die Stimme des Vorgesetzten. Infolgedessen verlor die gleich anfangs nicht neue Uniform trotz aller Sorgfalt von Mutter und Schwester an Reinlichkeit, und Gregor sah oft ganze Abende lang auf dieses über und über fleckige, mit seinen stets geputzten Goldknöpfen leuchtende Kleid, in dem der alte Mann höchst unbequem und doch ruhig schlief.

Sobald die Uhr zehn schlug, suchte die Mutter durch leise Zusprache den Vater zu wecken und dann zu überreden, ins Bett zu gehen, denn hier war es doch kein richtiger Schlaf und diesen hatte der Vater, der um sechs Uhr seinen Dienst antreten mußte, äußerst nötig. Aber in dem Eigensinn, der ihn, seitdem er Diener war, ergriffen hatte, bestand er immer darauf, noch länger bei Tisch zu bleiben, trotzdem er regelmäßig einschlief, und war dann überdies nur mit der größten Mühe zu bewegen, den Sessel mit dem Bett zu vertauschen. Da mochten Mutter und Schwester mit kleinen Ermahnungen noch so sehr auf ihn eindringen, viertelstundenlang schüttelte er langsam den Kopf, hielt die Augen geschlossen und stand nicht auf. Die Mutter zupfte ihn am Ärmel, sagte ihm Schmeichelworte ins Ohr, die Schwester verließ ihre Aufgabe, um der Mutter zu helfen, aber beim Vater verfing das nicht. Er versank nur noch tiefer in seinen Sessel. Erst bis ihn die Frauen unter den Achseln faßten, schlug er die Augen auf, sah abwechselnd die Mutter und die Schwester an und pflegte zu sagen: »Das ist ein Leben. Das ist die Ruhe meiner alten Tage.« Und auf die beiden Frauen gestützt, erhob er sich, umständlich, als sei er für sich selbst die größte Last, ließ sich von den Frauen bis zur Türe führen, winkte ihnen dort ab und ging nun selbständig weiter, während die Mutter ihr Nähzeug, die Schwester ihre Feder eiligst hinwarfen, um hinter dem Vater zu laufen und ihm weiter behilflich zu sein.

Wer hatte in dieser abgearbeiteten und übermüdeten Familie Zeit, sich um Gregor mehr zu kümmern, als unbedingt nötig war? Der Haushalt wurde immer mehr eingeschränkt; das Dienstmädchen wurde nun doch entlassen; eine riesige knochige Bedienerin mit weißem, den Kopf umflatterndem Haar kam des Morgens und des Abends, um die schwerste Arbeit zu leisten; alles andere besorgte die Mutter neben ihrer vielen Näharbeit. Es geschah sogar, daß verschiedene Familienschmuck-

inútilmente de la percha, el padre dormitaba en su sitio completamente vestido, como si siempre estuviera listo para el servicio y aquí también esperando la voz de su superior. Como consecuencia, el uniforme, que para empezar no era nuevo, perdió su lustre —a pesar de todos los cuidados de la madre y la hermana— y Gregor pasaba a menudo tardes enteras contemplando aquel vestido manchado por todas partes, reluciente por sus botones de oro siempre pulidos, en el que el hombre mayor dormía muy incómodo pero tranquilo.

En cuanto el reloj daba las diez, la madre intentaba despertar al padre persuadiéndole con suavidad para que se fuera a la cama, ya que aquí no se dormía bien y el padre, que tenía que empezar a trabajar a las seis, lo necesitaba mucho. Pero en la terquedad que se había apoderado de él desde que era botones, siempre insistía en quedarse más tiempo a la mesa, aunque regularmente se quedaba dormido, y entonces sólo con la mayor dificultad se le podía persuadir de que cambiara el sillón por la cama. Por mucho que su madre y su hermana le insistieran con pequeñas exhortaciones, durante un cuarto de hora sacudía lentamente la cabeza, mantenía los ojos cerrados y no se levantaba. La madre le tiraba de la manga, le decía palabras halagadoras al oído, la hermana abandonaba su tarea para ayudar a la madre, pero eso no funcionaba con el padre. Él sólo se hundía más en su sillón. Sólo hasta que las mujeres le agarraban por debajo de las axilas abría los ojos, miraba a su madre y a su hermana por turnos y solía decir: «Esto es vida. Ésta es la paz de mi vejez». Y apoyándose en las dos mujeres, se levantaba, torpemente, como si fuera la mayor carga para sí mismo, dejaba que las mujeres le condujeran hasta la puerta, las despedía allí y seguía su camino de forma independiente, mientras la madre se apresuraba a dejar su costurero, la hermana su pluma, para caminar detrás del padre y ayudarle a seguir.

¿Quién, en esta familia agobiada por el trabajo y el cansancio, tenía tiempo para cuidar de Gregor más allá de lo absolutamente necesario? El presupuesto doméstico se fue restringiendo cada vez más; la criada fue despedida después de todo; una sirvienta enorme y huesuda, con el pelo blanco revoloteándole alrededor de la cabeza, venía por la mañana y por la noche para hacer las tareas más pesadas; todo lo demás lo hacía la madre, además de sus numero-

stücke, welche früher die Mutter und die Schwester überglücklich bei Unterhaltungen und Feierlichkeiten getragen hatten, verkauft wurden, wie Gregor am Abend aus der allgemeinen Besprechung der erzielten Preise erfuhr. Die größte Klage war aber stets, daß man diese für die gegenwärtigen Verhältnisse allzugroße Wohnung nicht verlassen konnte, da es nicht auszudenken war, wie man Gregor übersiedeln sollte. Aber Gregor sah wohl ein, daß es nicht nur die Rücksicht auf ihn war, welche eine Übersiedlung verhinderte, denn ihn hätte man doch in einer passenden Kiste mit ein paar Luftlöchern leicht transportieren können; was die Familie hauptsächlich vom Wohnungswechsel abhielt, war vielmehr die völlige Hoffnungslosigkeit und der Gedanke daran, daß sie mit einem Unglück geschlagen war, wie niemand sonst im ganzen Verwandten- und Bekanntenkreis. Was die Welt von armen Leuten verlangt, erfüllten sie bis zum äußersten, der Vater holte den kleinen Bankbeamten das Frühstück, die Mutter opferte sich für die Wäsche fremder Leute, die Schwester lief nach dem Befehl der Kunden hinter dem Pulte hin und her, aber weiter reichten die Kräfte der Familie schon nicht. Und die Wunde im Rücken fing Gregor wie neu zu schmerzen an, wenn Mutter und Schwester, nachdem sie den Vater zu Bett gebracht hatten, nun zurückkehrten, die Arbeit liegen ließen, nahe zusammenrückten, schon Wange an Wange saßen; wenn jetzt die Mutter, auf Gregors Zimmer zeigend, sagte: »Mach' dort die Tür zu, Grete,« und wenn nun Gregor wieder im Dunkel war, während nebenan die Frauen ihre Tränen vermischten oder gar tränenlos den Tisch anstarrten.

Die Nächte und Tage verbrachte Gregor fast ganz ohne Schlaf. Manchmal dachte er daran, beim nächsten Öffnen der Tür die Angelegenheiten der Familie ganz so wie früher wieder in die Hand zu nehmen; in seinen Gedanken erschienen wieder nach langer Zeit der Chef und der Prokurist, die Kommis und die Lehrjungen, der so begriffsstützige Hausknecht, zwei drei Freunde aus anderen Geschäften, ein Stubenmädchen aus einem Hotel in der Provinz, eine liebe, flüchtige Erinnerung, eine Kassiererin aus einem Hutgeschäft, um die er sich ernsthaft, aber zu langsam beworben hatte – sie alle erschienen untermischt mit Fremden oder schon Vergessenen, aber statt ihm und seiner Familie zu helfen, waren sie sämtlich unzugänglich, und er war froh, wenn sie verschwanden. Dann aber war er wieder gar nicht in der Laune, sich um seine Familie zu sorgen, bloß Wut über die schlechte Wartung er-

sos trabajos de costura. Incluso ocurrió que fueron vendidas varias piezas de joyería de la familia, que la madre y la hermana habían lucido antes con gran alegría en agasajos y celebraciones, según se enteró Gregor por la noche en la conversación acerca de los precios alcanzados. La mayor queja, sin embargo, era siempre la imposibilidad de abandonar aquel apartamento, demasiado grande para las circunstancias actuales, ya que era imposible imaginar cómo se podría trasladar a Gregor. Pero Gregor vio que no era sólo la consideración por él lo que impedía una mudanza, ya que él podría haber sido transportado fácilmente en una caja adecuada con unos cuantos agujeros de ventilación; lo que principalmente impedía a la familia mudarse era más bien la completa desesperanza y el pensamiento de que habían sido golpeados por una desgracia como nadie más lo había sido en todo el círculo de parientes y conocidos. Lo que el mundo exige de los pobres, ellos lo cumplían hasta el extremo, el padre iba a buscar el desayuno para los empleaditos del banco, la madre se sacrificaba por la ropa de los desconocidos, la hermana corría de un lado a otro detrás del mostrador según las órdenes de los clientes, pero hasta ahí llegaban las fuerzas de la familia. Y la herida de la espalda empezó a dolerle a Gregor como si fuera nueva, cuando madre y hermana, después de acostar a su padre, ya de regreso, dejaban su trabajo, se acercaban, ya sentadas mejilla contra mejilla; cuando ahora la madre, señalando la habitación de Gregor, decía: «Cierra la puerta ahí, Grete», y cuando ahora Gregor volvía a estar a oscuras, mientras al lado las mujeres mezclaban sus lágrimas o incluso miraban la mesa ya sin lágrimas.

Gregor pasó las noches y los días casi sin dormir. A veces pensaba en volver a hacerse cargo de los asuntos de la familia la próxima vez que se abriera la puerta, como antes; en sus pensamientos aparecían de nuevo después de mucho tiempo el jefe y el gerente, los ayudantes y los aprendices, la sirvienta de la casa tan caprichosa, dos o tres amigos de otras tiendas, una camarera de un hotel de la provincia, un recuerdo querido y fugaz, una cajera de una sombrerería a la que había cortejado muy seriamente pero con demasiada lentitud... todos ellos aparecían entremezclados con desconocidos o personas ya olvidadas, pero en lugar de ayudarle a él y a su familia, todos eran inaccesibles, y se alegró cuando desaparecieron. Entonces, sin embargo, volvía a sentirse sin ánimos de preocuparse por su familia, sólo le llenaba la rabia por la mala alimentación, y aunque

füllte ihn, und trotzdem er sich nichts vorstellen konnte, worauf er Appetit gehabt hätte, machte er doch Pläne, wie er in die Speisekammer gelangen könnte, um dort zu nehmen, was ihm, auch wenn er keinen Hunger hatte, immerhin gebührte. Ohne jetzt mehr nachzudenken, womit man Gregor einen besonderen Gefallen machen könnte, schob die Schwester eiligst, ehe sie morgens und mittags ins Geschäft lief, mit dem Fuß irgendeine beliebige Speise in Gregors Zimmer hinein, um sie am Abend, gleichgültig dagegen, ob die Speise vielleicht nur gekostet oder – der häufigste Fall – gänzlich unberührt war, mit einem Schwenken des Besens hinauszukehren. Das Aufräumen des Zimmers, das sie nun immer abends besorgte, konnte gar nicht mehr schneller getan sein. Schmutzstreifen zogen sich die Wände entlang, hie und da lagen Knäuel von Staub und Unrat. In der ersten Zeit stellte sich Gregor bei der Ankunft der Schwester in derartige besonders bezeichnende Winkel, um ihr durch diese Stellung gewissermaßen einen Vorwurf zu machen. Aber er hätte wohl wochenlang dort bleiben können, ohne daß sich die Schwester gebessert hätte; sie sah ja den Schmutz genau so wie er, aber sie hatte sich eben entschlossen, ihn zu lassen. Dabei wachte sie mit einer an ihr ganz neuen Empfindlichkeit, die überhaupt die ganze Familie ergriffen hatte, darüber, daß das Aufräumen von Gregors Zimmer ihr vorbehalten blieb. Einmal hatte die Mutter Gregors Zimmer einer großen Reinigung unterzogen, die ihr nur nach Verbrauch einiger Kübel Wasser gelungen war – die viele Feuchtigkeit kränkte allerdings Gregor auch und er lag breit, verbittert und unbeweglich auf dem Kanapee –, aber die Strafe blieb für die Mutter nicht aus. Denn kaum hatte am Abend die Schwester die Veränderung in Gregors Zimmer bemerkt, als sie, aufs höchste beleidigt, ins Wohnzimmer lief und, trotz der beschwörend erhobenen Hände der Mutter, in einen Weinkrampf ausbrach, dem die Eltern – der Vater war natürlich aus seinem Sessel aufgeschreckt worden – zuerst erstaunt und hilflos zusahen; bis auch sie sich zu rühren anfingen; der Vater rechts der Mutter Vorwürfe machte, daß sie Gregors Zimmer nicht der Schwester zur Reinigung überließ; links dagegen die Schwester anschrie, sie werde niemals mehr Gregors Zimmer reinigen dürfen; während die Mutter den Vater, der sich vor Erregung nicht mehr kannte, ins Schlafzimmer zu schleppen suchte; die Schwester, von Schluchzen geschüttelt, mit ihren kleinen Fäusten den Tisch bearbeitete; und Gregor laut vor Wut darüber zischte, daß es keinem einfiel, die Tür zu schließen und ihm diesen Anblick und Lärm zu ersparen.

no se le ocurría nada que le hubiera abierto el apetito, no obstante hacía planes de cómo podría entrar en la despensa para coger lo que le correspondía, aunque no tuviera hambre. Sin pensar más en cómo hacer algo del agrado de Gregor, la hermana se apresuraba a empujar con el pie cualquier alimento que sea a la habitación de Gregor antes de correr a la tienda por la mañana y al mediodía, para barrerlo por la noche con un movimiento de la escoba, sin importar si la comida tal vez sólo había sido probada o —lo más habitual— estaba completamente intacta. Ordenar la habitación, cosa que ahora hacía siempre por las tardes, no podía haber sido más rápido. Vetas de suciedad recorrían las paredes, aquí y allá yacían cúmulos de polvo y basura. Al principio, cuando llegaba la hermana, Gregor se colocaba en un ángulo especialmente sucio, para reprocharle, por así decirlo, su estado. Pero podría haber permanecido allí durante semanas sin que la hermana mejorara; ella veía la suciedad igual que él, pero acababa por decidir que fuera así. Al mismo tiempo, vigilaba la habitación de Gregor con una sensibilidad que era nueva para ella y que se había extendido a toda la familia, para asegurarse que la tarea de limpiar recaía en ella. En una ocasión, la madre había sometido la habitación de Gregor a una gran limpieza, que sólo había conseguido después de consumir varios cubos de agua —la gran humedad, sin embargo, también hizo mal a Gregor y éste yacía ancho, amargado e inmóvil en el sofá—, pero el escarmiento a su madre no tardó en llegar. Por la noche, la hermana apenas se había dado cuenta del cambio en la habitación de Gregor cuando, muy ofendida, corrió al salón y, a pesar de las implorantes manos levantadas de la madre, prorrumpió en un ataque de llanto, que los padres —el padre, por supuesto, se había despertado en su sillón— observaron al principio con asombro e impotencia; hasta que ellos también empezaron a alterarse; el padre, a la derecha, reprochó a la madre el no haber dejado la habitación de Gregor para que la hermana la limpiara; a la izquierda, gritando a la hermana que nunca más se le permitiría limpiar la habitación de Gregor; mientras la madre intentaba arrastrar al padre, que ya no era consciente de su excitación, al dormitorio; la hermana, sacudida por los sollozos, golpeaba la mesa con sus pequeños puños; y Gregor siseaba fuertemente de rabia por el hecho de que a nadie se le ocurriera cerrar la puerta y ahorrarle este espectáculo y este ruido.

Aber selbst wenn die Schwester, erschöpft von ihrer Berufsarbeit, dessen überdrüssig geworden war, für Gregor, wie früher, zu sorgen, so hätte noch keineswegs die Mutter für sie eintreten müssen und Gregor hätte doch nicht vernachlässigt zu werden brauchen. Denn nun war die Bedienerin da. Diese alte Witwe, die in ihrem langen Leben mit Hilfe ihres starken Knochenbaues das Ärgste überstanden haben mochte, hatte keinen eigentlichen Abscheu vor Gregor. Ohne irgendwie neugierig zu sein, hatte sie zufällig einmal die Tür von Gregors Zimmer aufgemacht und war im Anblick Gregors, der, gänzlich überrascht, trotzdem ihn niemand jagte, hin- und herzulaufen begann, die Hände im Schoß gefaltet staunend stehen geblieben. Seitdem versäumte sie nicht, stets flüchtig morgens und abends die Tür ein wenig zu öffnen und zu Gregor hineinzuschauen. Anfangs rief sie ihn auch zu sich herbei, mit Worten, die sie wahrscheinlich für freundlich hielt, wie »Komm mal herüber, alter Mistkäfer!« oder »Seht mal den alten Mistkäfer!« Auf solche Ansprachen antwortete Gregor mit nichts, sondern blieb unbeweglich auf seinem Platz, als sei die Tür gar nicht geöffnet worden. Hätte man doch dieser Bedienerin, statt sie nach ihrer Laune ihn nutzlos stören zu lassen, lieber den Befehl gegeben, sein Zimmer täglich zu reinigen! Einmal am frühen Morgen – ein heftiger Regen, vielleicht schon ein Zeichen des kommenden Frühjahrs, schlug an die Scheiben – war Gregor, als die Bedienerin mit ihren Redensarten wieder begann, derartig erbittert, daß er, wie zum Angriff, allerdings langsam und hinfällig, sich gegen sie wendete. Die Bedienerin aber, statt sich zu fürchten, hob bloß einen in der Nähe der Tür befindlichen Stuhl hoch empor, und wie sie mit groß geöffnetem Munde dastand, war ihre Absicht klar, den Mund erst zu schließen, wenn der Sessel in ihrer Hand auf Gregors Rücken niederschlagen würde. »Also weiter geht es nicht?« fragte sie, als Gregor sich wieder umdrehte, und stellte den Sessel ruhig in die Ecke zurück.

Gregor aß nun fast gar nichts mehr. Nur wenn er zufällig an der vorbereiteten Speise vorüberkam, nahm er zum Spiel einen Bissen in den Mund, hielt ihn dort stundenlang und spie ihn dann meist wieder aus. Zuerst dachte er, es sei die Trauer über den Zustand seines Zimmers, die ihn vom Essen abhalte, aber gerade mit den Veränderungen des Zimmers söhnte er sich sehr bald aus. Man hatte sich angewöhnt, Dinge, die man anderswo nicht unterbringen konnte, in dieses Zimmer hineinzustellen, und solcher Dinge gab es nun viele, da man ein Zimmer der Wohnung an drei Zimmerherren vermietet hatte. Diese ern-

Pero incluso si la hermana, agotada por su trabajo fuera de la casa, se hubiera cansado de cuidar de Gregor, como había hecho en el pasado, la madre no habría tenido en ningún caso que sustituirla y Gregor no habría tenido que ser desatendido. Por el momento, la sirvienta estaba allí. Esta vieja viuda, que quizá haya sobrevivido a lo peor de su larga vida con la ayuda de su fuerte estructura ósea, no sentía verdadera repugnancia por Gregor. Sin ser en absoluto curiosa, una vez había abierto la puerta de la habitación de Gregor por casualidad y se había detenido asombrada al ver a Gregor —que, completamente sorprendido, a pesar de que nadie le perseguía, empezó a correr de un lado a otro— con las manos cruzadas sobre el regazo. Desde entonces, nunca dejó de abrir un poco la puerta por la mañana y por la noche y mirar dentro a Gregor. Al principio, ella comenzó también a llamarle con palabras que probablemente creyó amistosas, como «¡Ven aquí, viejo escarabajo pelotero!» o «¡Mira al viejo escarabajo pelotero!». Gregor no respondía nada a tales interpelaciones, sino que permanecía inmóvil en su sitio, como si la puerta no se hubiera abierto en absoluto. ¡Ojalá esta sirvienta, en lugar de molestarlo inútilmente a su antojo, hubiera recibido la orden de limpiar su habitación todos los días! Una vez, por la mañana temprano —una fuerte lluvia, quizá ya una señal de la llegada de la primavera, golpeaba las ventanas—, Gregor se amargó tanto cuando la sirvienta empezó de nuevo con sus frases que se volvió hacia ella como si fuera a atacar, aunque lentamente y sin fuerzas. La sirvienta, sin embargo, en lugar de asustarse, se limitó a levantar una silla cerca de la puerta y, mientras permanecía allí con la boca abierta, estaba claro que sólo pensaba cerrarla cuando la silla que tenía en la mano cayera sobre la espalda de Gregor. «¿Así que hasta aquí hemos llegado?», preguntó ella cuando Gregor volvió a darse la vuelta y guardó tranquilamente la silla en el rincón.

Gregor ahora no comía casi nada. Sólo cuando pasaba por delante de la comida preparada se llevaba un bocado a la boca para entretenerse con él, lo mantenía allí durante horas y luego solía escupirlo de nuevo. Al principio pensó que era la pena por el estado de su habitación lo que le impedía comer, pero hay que precisar que se reconciliaba muy pronto con los cambios en la habitación. Se había convertido en un hábito poner en esta habitación cosas que no podían colocarse en otro sitio... y había muchas de esas cosas ahora que una habitación del piso había sido alquilada a tres caballeros.

sten Herren, – alle drei hatten Vollbärte, wie Gregor einmal durch eine Türspalte feststellte – waren peinlich auf Ordnung, nicht nur in ihrem Zimmer, sondern, da sie sich nun einmal hier eingemietet hatten, in der ganzen Wirtschaft, also insbesondere in der Küche, bedacht. Unnützen oder gar schmutzigen Kram ertrugen sie nicht. Überdies hatten sie zum größten Teil ihre eigenen Einrichtungsstücke mitgebracht. Aus diesem Grunde waren viele Dinge überflüssig geworden, die zwar nicht verkäuflich waren, die man aber auch nicht wegwerfen wollte. Alle diese wanderten in Gregors Zimmer. Ebenso auch die Aschenkiste und die Abfallkiste aus der Küche. Was nur im Augenblick unbrauchbar war, schleuderte die Bedienerin, die es immer sehr eilig hatte, einfach in Gregors Zimmer; Gregor sah glücklicherweise meist nur den betreffenden Gegenstand und die Hand, die ihn hielt. Die Bedienerin hatte vielleicht die Absicht, bei Zeit und Gelegenheit die Dinge wieder zu holen oder alle insgesamt mit einemmal hinauszuwerfen, tatsächlich aber blieben sie dort liegen, wohin sie durch den ersten Wurf gekommen waren, wenn nicht Gregor sich durch das Rumpelzeug wand und es in Bewegung brachte, zuerst gezwungen, weil kein sonstiger Platz zum Kriechen frei war, später aber mit wachsendem Vergnügen, obwohl er nach solchen Wanderungen, zum Sterben müde und traurig, wieder stundenlang sich nicht rührte.

Da die Zimmerherren manchmal auch ihr Abendessen zu Hause im gemeinsamen Wohnzimmer einnahmen, blieb die Wohnzimmertür an manchen Abenden geschlossen, aber Gregor verzichtete ganz leicht auf das Öffnen der Tür, hatte er doch schon manche Abende, an denen sie geöffnet war, nicht ausgenützt, sondern war, ohne daß es die Familie merkte, im dunkelsten Winkel seines Zimmers gelegen. Einmal aber hatte die Bedienerin die Tür zum Wohnzimmer ein wenig offen gelassen, und sie blieb so offen, auch als die Zimmerherren am Abend eintraten und Licht gemacht wurde. Sie setzten sich oben an den Tisch, wo in früheren Zeiten der Vater, die Mutter und Gregor gesessen hatten, entfalteten die Servietten und nahmen Messer und Gabel in die Hand. Sofort erschien in der Tür die Mutter mit einer Schüssel Fleisch und knapp hinter ihr die Schwester mit einer Schüssel hochgeschichteter Kartoffeln. Das Essen dampfte mit starkem Rauch. Die Zimmerherren beugten sich über die vor sie hingestellten Schüsseln, als wollten sie sie vor dem Essen prüfen, und tatsächlich zerschnitt der, welcher in der Mitte saß und den anderen zwei als Autorität zu gelten schien, ein Stück Fleisch noch auf der Schüssel, offenbar um festzustellen, ob es mürbe

Estos serios caballeros —los tres llevaban abundante barba, como Gregor observó una vez a través de una rendija de la puerta— eran escrupulosos con el orden, no sólo en su habitación, sino, puesto que la habían alquilado aquí, en toda la posada, especialmente en la cocina. No soportaban las cosas inútiles y mucho menos sucias. Además, en gran parte habían traído consigo su propio mobiliario. Por esta razón, habían quedado muchas cosas superfluas, que no se podían vender, pero que tampoco querían tirarlas. Todas ellas fueron a parar a la habitación de Gregor. Lo mismo ocurrió con la caja de las cenizas y el cubo de la basura de la cocina. Lo que no servía para nada por el momento, la sirvienta, que siempre tenía prisa, simplemente lo arrojaba a la habitación de Gregor; afortunadamente, Gregor normalmente sólo veía el objeto en cuestión y la mano que lo sostenía. Puede que la sirvienta tuviera la intención de recuperar las cosas cuando llegara el momento, o de tirarlas todas a la vez, pero de hecho permanecían donde habían sido arrojadas la primera vez, a menos que Gregor se escurriera entre el desorden y consiguiera moverlas, al principio forzado porque no había otro lugar donde trepar, pero más tarde con creciente placer, aunque después de tales andanzas, cansado hasta la muerte y triste, volvía a no moverse durante horas.

Como a veces los caballeros cenaban en casa, en el salón común, la puerta del salón permanecía cerrada algunas tardes, pero Gregor se abstenía sin problemas de la puerta abierta, ya que no había aprovechado muchas tardes en que lo estaba, sino que se había echado en el rincón más oscuro de su habitación sin que la familia se diera cuenta. Una vez, sin embargo, la sirvienta había dejado la puerta del salón un poco abierta y así permaneció incluso cuando los caballeros entraron en la habitación por la noche y se encendió la luz. Se sentaron a la mesa donde en otros tiempos se habían sentado el padre, la madre y Gregor, desplegaron las servilletas y tomaron cuchillo y tenedor en las manos. Inmediatamente la madre apareció en la puerta con una fuente de carne y justo detrás de ella la hermana con una fuente de patatas bien cocidas. La comida humeaba intensamente. Los caballeros se inclinaron sobre las fuentes colocadas frente a ellos como para examinarlas antes de comer y, de hecho, el que estaba sentado en el centro, que parecía ser la autoridad para los otros dos, cortó un trozo de carne mientras aún estaba sobre la fuente, obviamente para ver si estaba lo

genug sei und ob es nicht etwa in die Küche zurückgeschickt werden solle. Er war befriedigt, und Mutter und Schwester, die gespannt zugesehen hatten, begannen aufatmend zu lächeln.

Die Familie selbst aß in der Küche. Trotzdem kam der Vater, ehe er in die Küche ging, in dieses Zimmer herein und machte mit einer einzigen Verbeugung, die Kappe in der Hand, einen Rundgang um den Tisch. Die Zimmerherren erhoben sich sämtlich und murmelten etwas in ihre Bärte. Als sie dann allein waren, aßen sie fast unter vollkommenem Stillschweigen. Sonderbar schien es Gregor, daß man aus allen mannigfachen Geräuschen des Essens immer wieder ihre kauenden Zähne heraushörte, als ob damit Gregor gezeigt werden sollte, daß man Zähne brauche, um zu essen, und daß man auch mit den schönsten zahnlosen Kiefern nichts ausrichten könne. »Ich habe ja Appetit,« sagte sich Gregor sorgenvoll, »aber nicht auf diese Dinge. Wie sich diese Zimmerherren nähren, und ich komme um!«

Gerade an diesem Abend – Gregor erinnerte sich nicht, während der ganzen Zeit die Violine gehört zu haben – ertönte sie von der Küche her. Die Zimmerherren hatten schon ihr Nachtmahl beendet, der mittlere hatte eine Zeitung hervorgezogen, den zwei anderen je ein Blatt gegeben, und nun lasen sie zurückgelehnt und rauchten. Als die Violine zu spielen begann, wurden sie aufmerksam, erhoben sich und gingen auf den Fußspitzen zur Vorzimmertür, in der sie aneinandergedrängt stehen blieben. Man mußte sie von der Küche aus gehört haben, denn der Vater rief: »Ist den Herren das Spiel vielleicht unangenehm? Es kann sofort eingestellt werden.« »Im Gegenteil,« sagte der mittlere der Herren, »möchte das Fräulein nicht zu uns hereinkommen und hier im Zimmer spielen, wo es doch viel bequemer und gemütlicher ist?« »O bitte,« rief der Vater, als sei er der Violinspieler. Die Herren traten ins Zimmer zurück und warteten. Bald kam der Vater mit dem Notenpult, die Mutter mit den Noten und die Schwester mit der Violine. Die Schwester bereitete alles ruhig zum Spiele vor; die Eltern, die niemals früher Zimmer vermietet hatten und deshalb die Höflichkeit gegen die Zimmerherren übertrieben, wagten gar nicht, sich auf ihre eigenen Sessel zu setzen; der Vater lehnte an der Tür, die rechte Hand zwischen zwei Knöpfe des geschlossenen Livreerockes gesteckt; die Mutter aber erhielt von einem Herrn einen Sessel angeboten und saß, da sie den Sessel dort ließ, wohin ihn der Herr zufällig gestellt hatte, abseits in einem Winkel.

suficientemente tierna y si no debía ser devuelta a la cocina. Quedó satisfecho, y madre y hermana, que habían estado observando atentamente, empezaron a sonreír aliviadas.

La familia misma comía en la cocina. Sin embargo, antes de entrar en la cocina, el padre entraba en esta sala y hacía un recorrido por la mesa con una sola reverencia, gorra en mano. Los caballeros se levantaban y murmuraban algo entre sus barbas. Luego, cuando se quedaban solos, comían en un silencio casi absoluto. A Gregor le pareció extraño que, entre todos los diversos sonidos de la comida, se oyeran una y otra vez sus dientes masticando, como si quisieran demostrarle a Gregor que se necesitan dientes para comer, y que incluso con las más bellas mandíbulas, si están desdentadas, no se puede hacer nada. «Tengo apetito», se dijo Gregor con ansiedad, «pero no de estas cosas. ¡Cómo se alimentan estos caballeros y yo perezco!».

Precisamente esa noche —Gregor no recordaba haber oído el violín en todo ese tiempo— sonó éste desde la cocina. Los caballeros ya habían terminado su cena, el del medio había sacado un periódico, les había dado a los otros dos una hoja a cada uno y ahora estaban leyendo, recostados y fumando. Cuando el violín empezó a sonar, se pusieron atentos, se levantaron y caminaron de puntillas hasta la puerta del vestíbulo, donde permanecieron acurrucados. Debieron de oírlos desde la cocina, porque el padre gritó: «¿Acaso a los caballeros les incomoda la música? Podemos detenerla de inmediato». «Al contrario», dijo el caballero del medio, «¿no le gustaría a la señorita entrar y tocar aquí en la sala, donde es mucho más cómodo y acogedor?». «Oh, por favor», gritó el padre, como si fuera él el violinista. Los caballeros entraron en la habitación y esperaron. Pronto llegaron el padre con el atril, la madre con las partituras y la hermana con el violín. La hermana preparó tranquilamente todo para tocar; los padres, que nunca antes habían alquilado habitaciones y, por lo tanto, exageraban la cortesía hacia los huéspedes, ni siquiera se atrevieron a sentarse en sus propios sillones; el padre se apoyó en la puerta, con la mano derecha metida entre dos botones de su levita de librea cerrada; a la madre, sin embargo, un caballero le ofreció un sillón y, dejando el sillón donde casualmente lo había colocado el caballero, se sentó aparte en un rincón.

Die Schwester begann zu spielen; Vater und Mutter verfolgten, jeder von seiner Seite, aufmerksam die Bewegungen ihrer Hände. Gregor hatte, von dem Spiele angezogen, sich ein wenig weiter vorgewagt und war schon mit dem Kopf im Wohnzimmer. Er wunderte sich kaum darüber, daß er in letzter Zeit so wenig Rücksicht auf die andern nahm; früher war diese Rücksichtnahme sein Stolz gewesen. Und dabei hätte er gerade jetzt mehr Grund gehabt, sich zu verstecken, denn infolge des Staubes, der in seinem Zimmer überall lag und bei der kleinsten Bewegung umherflog, war auch er ganz staubbedeckt; Fäden, Haare, Speiseüberreste schleppte er auf seinem Rücken und an den Seiten mit sich herum; seine Gleichgültigkeit gegen alles war viel zu groß, als daß er sich, wie früher mehrmals während des Tages, auf den Rücken gelegt und am Teppich gescheuert hätte. Und trotz dieses Zustandes hatte er keine Scheu, ein Stück auf dem makellosen Fußboden des Wohnzimmers vorzurücken.

Allerdings achtete auch niemand auf ihn. Die Familie war gänzlich vom Violinspiel in Anspruch genommen; die Zimmerherren dagegen, die zunächst, die Hände in den Hosentaschen, viel zu nahe hinter dem Notenpult der Schwester sich aufgestellt hatten, so daß sie alle in die Noten hätte sehen können, was sicher die Schwester stören mußte, zogen sich bald unter halblauten Gesprächen mit gesenkten Köpfen zum Fenster zurück, wo sie, vom Vater besorgt beobachtet, auch blieben. Es hatte nun wirklich den überdeutlichen Anschein, als wären sie in ihrer Annahme, ein schönes oder unterhaltendes Violinspiel zu hören, enttäuscht, hätten die ganze Vorführung satt und ließen sich nur aus Höflichkeit noch in ihrer Ruhe stören. Besonders die Art, wie sie alle aus Nase und Mund den Rauch ihrer Zigarren in die Höhe bliesen, ließ auf große Nervosität schließen. Und doch spielte die Schwester so schön. Ihr Gesicht war zur Seite geneigt, prüfend und traurig folgten ihre Blicke den Notenzeilen. Gregor kroch noch ein Stück vorwärts und hielt den Kopf eng an den Boden, um möglicherweise ihren Blicken begegnen zu können. War er ein Tier, da ihn Musik so ergriff? Ihm war, als zeige sich ihm der Weg zu der ersehnten unbekannten Nahrung. Er war entschlossen, bis zur Schwester vorzudringen, sie am Rock zu zupfen und ihr dadurch anzudeuten, sie möge doch mit ihrer Violine in sein Zimmer kommen, denn niemand lohnte hier das Spiel so, wie er es lohnen wollte. Er wollte sie nicht mehr aus seinem Zimmer lassen, wenigstens nicht, solange er lebte; seine Schreckgestalt sollte ihm zum erstenmal nützlich werden; an allen Türen seines Zimmers wollte

La hermana empezó a tocar; padre y madre, cada uno por su lado, seguían atentamente los movimientos de sus manos. Gregor, atraído por la música, se había aventurado un poco más allá y ya estaba su cabeza en el salón. No le sorprendía que últimamente tuviera tan poca consideración por los demás; en el pasado, esta consideración había sido su orgullo. Y sin embargo, justo ahora, habría tenido más motivos para esconderse ya que, como consecuencia del polvo que había por todas partes en su habitación y que volaba al menor movimiento, él también estaba completamente cubierto de polvo: hilos, pelos, restos de comida que arrastraba por la espalda y los costados; su indiferencia hacia todo era demasiado grande como para echarse de espaldas y frotarse contra la alfombra, como había hecho varias veces a lo largo del día. Y a pesar de esta condición, no tuvo miedo de avanzar un poco sobre el inmaculado piso del salón.

Sin embargo, tampoco nadie le prestó atención. La familia estaba completamente absorta en la interpretación del violín; los caballeros, por su parte, que al principio, con las manos en los bolsillos, se habían colocado demasiado cerca, detrás del atril de la hermana, de modo que todos podían ver las notas, lo que seguramente habría molestado a la hermana, pronto se retiraron a la ventana con las cabezas inclinadas en una conversación a media voz, donde permanecieron, vigilados ansiosamente por su padre. Realmente parecía como si estuvieran decepcionados al suponer que escucharían una bella o entretenida interpretación de violín, estuvieran hartos de todo el espectáculo y sólo permitieran que se perturbara su paz por cortesía. Especialmente la forma en que todos echaban el humo de sus puros por la nariz y la boca sugería un gran nerviosismo. Y sin embargo, la hermana tocaba de maravilla. Su rostro estaba inclinado hacia un lado, sus ojos escudriñaban y seguían con tristeza el pentagrama. Gregor se arrastró un poco más hacia delante y mantuvo la cabeza cerca del piso, posiblemente para encontrarse con su mirada. ¿Era una fiera, ya que la música le atraía tanto? Sentía como si el camino hacia la ansiada comida desconocida se mostrara ante él. Estaba decidido a llegar hasta su hermana, a tirarle de la falda y sugerirle así que entrara en su habitación con su violín, ya que aquí nadie recompensaba la interpretación como él quería recompensarla. No quería volver a dejarla salir de su habitación, al menos mientras él viviera; su horroroso aspecto iba a serle útil a él

er gleichzeitig sein und den Angreifern entgegenfauchen; die Schwester aber sollte nicht gezwungen, sondern freiwillig bei ihm bleiben; sie sollte neben ihm auf dem Kanapee sitzen, das Ohr zu ihm herunterneigen, und er wollte ihr dann anvertrauen, daß er die feste Absicht gehabt habe, sie auf das Konservatorium zu schicken, und daß er dies, wenn nicht das Unglück dazwischen gekommen wäre, vergangene Weihnachten – Weihnachten war doch wohl schon vorüber? – allen gesagt hätte, ohne sich um irgendwelche Widerreden zu kümmern. Nach dieser Erklärung würde die Schwester in Tränen der Rührung ausbrechen, und Gregor würde sich bis zu ihrer Achsel erheben und ihren Hals küssen, den sie, seitdem sie ins Geschäft ging, frei ohne Band oder Kragen trug.

»Herr Samsa!« rief der mittlere Herr dem Vater zu und zeigte, ohne ein weiteres Wort zu verlieren, mit dem Zeigefinger auf den langsam sich vorwärtsbewegenden Gregor. Die Violine verstummte, der mittlere Zimmerherr lächelte erst einmal kopfschüttelnd seinen Freunden zu und sah dann wieder auf Gregor hin. Der Vater schien es für nötiger zu halten, statt Gregor zu vertreiben, vorerst die Zimmerherren zu beruhigen, trotzdem diese gar nicht aufgeregt waren und Gregor sie mehr als das Violinspiel zu unterhalten schien. Er eilte zu ihnen und suchte sie mit ausgebreiteten Armen in ihr Zimmer zu drängen und gleichzeitig mit seinem Körper ihnen den Ausblick auf Gregor zu nehmen. Sie wurden nun tatsächlich ein wenig böse, man wußte nicht mehr, ob über das Benehmen des Vaters oder über die ihnen jetzt aufgehende Erkenntnis, ohne es zu wissen, einen solchen Zimmernachbar wie Gregor besessen zu haben. Sie verlangten vom Vater Erklärungen, hoben ihrerseits die Arme, zupften unruhig an ihren Bärten und wichen nur langsam gegen ihr Zimmer zurück. Inzwischen hatte die Schwester die Verlorenheit, in die sie nach dem plötzlich abgebrochenen Spiel verfallen war, überwunden, hatte sich, nachdem sie eine Zeitlang in den lässig hängenden Händen Violine und Bogen gehalten und weiter, als spiele sie noch, in die Noten gesehen hatte, mit einem Male aufgerafft, hatte das Instrument auf den Schoß der Mutter gelegt, die in Atembeschwerden mit heftig arbeitenden Lungen noch auf ihrem Sessel saß, und war in das Nebenzimmer gelaufen, dem sich die Zimmerherren unter dem Drängen des Vaters schon schneller näherten. Man sah, wie unter den geübten Händen der Schwester die Decken und Polster in den Betten in die Höhe flogen und sich ordneten. Noch ehe die Herren das Zimmer erreicht hatten, war sie mit dem Aufbetten fertig und schlüpfte heraus.

por primera vez; quería estar en todas las puertas de su habitación al mismo tiempo y lanzarse sobre los asaltantes; la hermana, sin embargo, debía quedarse con él, no por la fuerza sino voluntariamente; ella iba a sentarse a su lado en el sofá, inclinando el oído hacia él, y entonces él iba a confiarle que había tenido la firme intención de enviarla al conservatorio, y que, de no haber intervenido la desgracia, se lo habría dicho a todo el mundo esta última Navidad... ya había pasado la Navidad, ¿no es así? Se lo habría dicho a todo el mundo sin preocuparse de lo que dijeran. Tras esta explicación, la hermana estallaría en lágrimas de emoción y Gregor se alzaría hasta su hombro y le besaría el cuello, que llevaba libremente, sin cinta ni collar, desde que entró en el negocio.

«¡Señor Samsa!», llamó el señor del medio al padre y, sin decir nada más, señaló con el dedo índice a Gregor, que avanzaba lentamente. El violín enmudeció, el señor del medio sonrió primero a sus amigos, meneando la cabeza, y luego volvió a mirar a Gregor. Al padre le pareció más necesario, en vez de echar a Gregor, calmar de momento a los caballeros, aunque no estaban nada alterados y Gregor parecía entretenerles más que la interpretación del violín. Él se dirigió a toda prisa hacia ellos y trató de empujarlos a su habitación con los brazos extendidos y, al mismo tiempo, bloquearles la vista de Gregor con su cuerpo. De hecho, se enfadaron un poco, ya no se sabía si por el comportamiento del padre o por enterarse recién ahora que, sin saberlo, habían tenido un vecino de habitación como Gregor. Exigieron explicaciones a su padre, levantaron los brazos, se tiraron inquietos de la barba y sólo lentamente se retiraron hacia su habitación. Mientras tanto, la hermana había superado el desconsuelo en el que había caído tras la repentina interrupción de la interpretación y, tras sostener durante un rato el violín y el arco en sus manos, que colgaban despreocupadamente, y seguir mirando las notas como si aún estuviera tocando, se había levantado de repente, había colocado el instrumento en el regazo de su madre, que seguía sentada en su sillón con dificultades respiratorias y con los pulmones trabajando violentamente, y había corrido a la habitación contigua, a la que los caballeros ya se acercaban con más rapidez ante la insistencia de su padre. Se podía ver cómo las mantas y los cojines de las camas volaban y eran acomodadas bajo las manos entrenadas de la hermana. Antes de que los caballeros hubieran llegado a la habitación, ella había terminado de hacer las camas y

Der Vater schien wieder von seinem Eigensinn derartig ergriffen, daß er jeden Respekt vergaß, den er seinen Mietern immerhin schuldete. Er drängte nur und drängte, bis schon in der Tür des Zimmers der mittlere der Herren donnernd mit dem Fuß aufstampfte und dadurch den Vater zum Stehen brachte. »Ich erkläre hiermit,« sagte er, hob die Hand und suchte mit den Blicken auch die Mutter und die Schwester, »daß ich mit Rücksicht auf die in dieser Wohnung und Familie herrschenden widerlichen Verhältnisse« – hierbei spie er kurz entschlossen auf den Boden – »mein Zimmer augenblicklich kündige. Ich werde natürlich auch für die Tage, die ich hier gewohnt habe, nicht das Geringste bezahlen, dagegen werde ich es mir noch überlegen, ob ich nicht mit irgendwelchen – glauben Sie mir – sehr leicht zu begründenden Forderungen gegen Sie auftreten werde.« Er schwieg und sah gerade vor sich hin, als erwarte er etwas. Tatsächlich fielen sofort seine zwei Freunde mit den Worten ein: »Auch wir kündigen augenblicklich.« Darauf faßte er die Türklinke und schloß mit einem Krach die Tür.

Der Vater wankte mit tastenden Händen zu seinem Sessel und ließ sich hineinfallen; es sah aus, als strecke er sich zu seinem gewöhnlichen Abendschläfchen, aber das starke Nicken seines wie haltlosen Kopfes zeigte, daß er ganz und gar nicht schlief. Gregor war die ganze Zeit still auf dem Platz gelegen, auf dem ihn die Zimmerherren ertappt hatten. Die Enttäuschung über das Mißlingen seines Planes, vielleicht aber auch die durch das viele Hungern verursachte Schwäche machten es ihm unmöglich, sich zu bewegen. Er fürchtete mit einer gewissen Bestimmtheit schon für den nächsten Augenblick einen allgemeinen über ihn sich entladenden Zusammensturz und wartete. Nicht einmal die Violine schreckte ihn auf, die, unter den zitternden Fingern der Mutter hervor, ihr vom Schoße fiel und einen hallenden Ton von sich gab.

»Liebe Eltern,« sagte die Schwester und schlug zur Einleitung mit der Hand auf den Tisch, »so geht es nicht weiter. Wenn ihr das vielleicht nicht einsehet, ich sehe es ein. Ich will vor diesem Untier nicht den Namen meines Bruders aussprechen und sage daher bloß: wir müssen versuchen es loszuwerden. Wir haben das Menschenmögliche versucht, es zu pflegen und zu dulden, ich glaube, es kann uns niemand den geringsten Vorwurf machen.«

»Sie hat tausendmal recht,« sagte der Vater für sich. Die Mutter, die noch immer nicht genug Atem finden konnte, fing mit einem irrsinni-

se había marchado. El padre pareció de nuevo tan arrebatado por su obstinación que olvidó por completo el respeto que debía a sus inquilinos. Empujó y empujó hasta que el caballero del medio, en la puerta de la habitación, dio un estruendoso pisotón e hizo que el padre se detuviera. «Declaro expresamente», dijo levantando la mano y mirando a su madre y a su hermana, «que en vista de las repugnantes condiciones que reinan en este apartamento y en esta familia», al decir esto escupió con contundencia al suelo, «renuncio inmediatamente a mi habitación. Por supuesto, no abonaré nada por los días que he vivido aquí, no obstante, reflexionaré sobre si no haré algunas reclamaciones —créanme, muy fácilmente justificables— contra ustedes». Se quedó en silencio y se limitó a mirar hacia delante, como si esperara algo. De hecho, sus dos amigos intervinieron inmediatamente con las palabras: «Nosotros también renunciamos inmediatamente». Entonces él asió el picaporte y cerró la puerta con un golpe seco.

El padre se tambaleó a tientas, llegó hasta su sillón y se dejó caer en él; parecía que se estaba estirando para su habitual siesta vespertina, pero el fuerte movimiento de la cabeza, como si no tuviera apoyo, demostraba que no estaba dormido en absoluto. Gregor había estado echado tranquilamente todo el tiempo en el lugar donde le habían sorprendido los caballeros. La decepción por el fracaso de su plan, pero quizá también la debilidad causada por tanto hambre, le impedían moverse. Temía con toda certeza que al momento siguiente se produjera un colapso general de la situación y esperó. Ni siquiera le sobresaltó el violín cuando cayó del regazo de su madre bajo sus dedos temblorosos y emitió un estruendo.

«Queridos padres», dijo la hermana, dando un golpe con la mano en la mesa a modo de introducción, «esto no puede seguir así. Quizá ustedes no lo vean pero yo sí lo veo. No quiero pronunciar el nombre de mi hermano delante de este monstruo, así que sólo diré: debemos intentar deshacernos de él. Hemos intentado todo lo humanamente posible para cuidarlo y tolerarlo, no creo que nadie pueda culparnos en lo más mínimo».

«Tiene mil veces razón», se dijo el padre. La madre, que seguía sin encontrar el suficiente aliento, empezó a toser ahogadamente

gen Ausdruck der Augen dumpf in die vorgehaltene Hand zu husten an.

Die Schwester eilte zur Mutter und hielt ihr die Stirn. Der Vater schien durch die Worte der Schwester auf bestimmtere Gedanken gebracht zu sein, hatte sich aufrecht gesetzt, spielte mit seiner Dienermütze zwischen den Tellern, die noch vom Nachtmahl der Zimmerherren her auf dem Tische standen, und sah bisweilen auf den stillen Gregor hin.

»Wir müssen es loszuwerden suchen,« sagte die Schwester nun ausschließlich zum Vater, denn die Mutter hörte in ihrem Husten nichts, »es bringt euch noch beide um, ich sehe es kommen. Wenn man schon so schwer arbeiten muß, wie wir alle, kann man nicht noch zu Hause diese ewige Quälerei ertragen. Ich kann es auch nicht mehr.« Und sie brach so heftig in Weinen aus, daß ihre Tränen auf das Gesicht der Mutter niederflossen, von dem sie sie mit mechanischen Handbewegungen wischte.

»Kind,« sagte der Vater mitleidig und mit auffallendem Verständnis, »was sollen wir aber tun?«

Die Schwester zuckte nur die Achseln zum Zeichen der Ratlosigkeit, die sie nun während des Weinens im Gegensatz zu ihrer früheren Sicherheit ergriffen hatte.

»Wenn er uns verstünde,« sagte der Vater halb fragend; die Schwester schüttelte aus dem Weinen heraus heftig die Hand zum Zeichen, daß daran nicht zu denken sei.

»Wenn er uns verstünde,« wiederholte der Vater und nahm durch Schließen der Augen die Überzeugung der Schwester von der Unmöglichkeit dessen in sich auf, »dann wäre vielleicht ein Übereinkommen mit ihm möglich. Aber so –«

»Weg muß es,« rief die Schwester, »das ist das einzige Mittel, Vater. Du mußt bloß den Gedanken loszuwerden suchen, daß es Gregor ist. Daß wir es so lange geglaubt haben, das ist ja unser eigentliches Unglück. Aber wie kann es denn Gregor sein? Wenn es Gregor wäre, er hätte längst eingesehen, daß ein Zusammenleben von Menschen mit einem solchen Tier nicht möglich ist, und wäre freiwillig fortgegangen. Wir hätten

con la mano extendida y una expresión extraviada en los ojos.

La hermana se acercó apresuradamente a su madre y le sostuvo la frente. El padre parecía haber sido llevado a pensamientos más concretos por las palabras de la hermana, se había sentado erguido, jugaba con su gorro de sirviente entre los platos que aún quedaban sobre la mesa de la comida nocturna de los caballeros, y de vez en cuando miraba al callado Gregor.

«Debemos intentar deshacernos de él», dijo ahora la hermana exclusivamente al padre, pues la madre no podía oír nada por la tos, «los matará a los dos, puedo verlo venir. Cuando hay que trabajar tanto como lo hacemos todos, no se puede seguir soportando este tormento eterno en casa. Yo tampoco puedo más». Y rompió a llorar tan violentamente que sus lágrimas cayeron sobre el rostro de su madre, que se las secó con movimientos mecánicos de las manos.

«Hija», dijo el padre compasivamente y con sorprendente comprensión, «¿pero qué podemos hacer?».

La hermana sólo se encogió de hombros en señal del desconcierto que ahora se había apoderado de ella durante el llanto, en contraste con su anterior certeza.

«Si nos entendiera», dijo el padre, casi dubitativo; la hermana sacudió violentamente la mano sin dejar de llorar, en señal de que ni siquiera se podía pensar en ello.

«Si nos entendiera», repitió el padre, asimilando la convicción de la hermana sobre la imposibilidad de ello cerrando los ojos, «entonces tal vez sería posible un acuerdo con él. Pero así...».

«Debe irse», gritó la hermana, «ése es el único remedio, padre. Tan sólo debes intentar deshacerte de la idea de que es Gregor. Que lo hayamos creído durante tanto tiempo es nuestra verdadera desgracia. Pero, ¿cómo puede ser Gregor? Si fuera Gregor, hace tiempo que se habría dado cuenta de que no es posible que la gente conviva con un animal así y se habría marchado voluntariamente.

dann keinen Bruder, aber könnten weiter leben und sein Andenken in Ehren halten. So aber verfolgt uns dieses Tier, vertreibt die Zimmerherren, will offenbar die ganze Wohnung einnehmen und uns auf der Gasse übernachten lassen. Sieh nur, Vater,« schrie sie plötzlich auf, »er fängt schon wieder an!« Und in einem für Gregor gänzlich unverständlichen Schrecken verließ die Schwester sogar die Mutter, stieß sich förmlich von ihrem Sessel ab, als wollte sie lieber die Mutter opfern, als in Gregors Nähe bleiben, und eilte hinter den Vater, der, lediglich durch ihr Benehmen erregt, auch aufstand und die Arme wie zum Schutze der Schwester vor ihr halb erhob.

Aber Gregor fiel es doch gar nicht ein, irgend jemandem und gar seiner Schwester Angst machen zu wollen. Er hatte bloß angefangen sich umzudrehen, um in sein Zimmer zurückzuwandern, und das nahm sich allerdings auffallend aus, da er infolge seines leidenden Zustandes bei den schwierigen Umdrehungen mit seinem Kopfe nachhelfen mußte, den er hierbei viele Male hob und gegen den Boden schlug. Er hielt inne und sah sich um. Seine gute Absicht schien erkannt worden zu sein; es war nur ein augenblicklicher Schrecken gewesen. Nun sahen ihn alle schweigend und traurig an. Die Mutter lag, die Beine ausgestreckt und aneinandergedrückt, in ihrem Sessel, die Augen fielen ihr vor Ermattung fast zu; der Vater und die Schwester saßen nebeneinander, die Schwester hatte ihre Hand um des Vaters Hals gelegt.

»Nun darf ich mich schon vielleicht umdrehen,« dachte Gregor und begann seine Arbeit wieder. Er konnte das Schnaufen der Anstrengung nicht unterdrücken und mußte auch hie und da ausruhen. Im übrigen drängte ihn auch niemand, es war alles ihm selbst überlassen. Als er die Umdrehung vollendet hatte, fing er sofort an, geradeaus zurückzuwandern. Er staunte über die große Entfernung, die ihn von seinem Zimmer trennte, und begriff gar nicht, wie er bei seiner Schwäche vor kurzer Zeit den gleichen Weg, fast ohne es zu merken, zurückgelegt hatte. Immerfort nur auf rasches Kriechen bedacht, achtete er kaum darauf, daß kein Wort, kein Ausruf seiner Familie ihn störte. Erst als er schon in der Tür war, wendete er den Kopf, nicht, vollständig, denn er fühlte den Hals steif werden, immerhin sah er noch, daß sich hinter ihm nichts verändert hatte, nur die Schwester war aufgestanden. Sein letzter Blick streifte die Mutter, die nun völlig eingeschlafen war.

Entonces no tendríamos ningún hermano, pero podríamos seguir viviendo y honrar su memoria. Pero este animal nos está siguiendo, ahuyentando a los inquilinos, al parecer quiere apoderarse de todo el apartamento y hacernos pasar la noche en un callejón. Mira, padre», gritó de repente, «¡ya empieza otra vez!». Y en un sobresalto que Gregor no pudo comprender, la hermana se separó incluso de su madre, la empujó literalmente de la silla, como si prefiriera sacrificar a su madre antes que quedarse cerca de Gregor, y se echó a correr detrás de su padre, que, simplemente excitado por su comportamiento, también se levantó y alzó los brazos a medias como si quisiera protegerla.

Pero a Gregor no se le ocurrió intentar asustar a nadie, y mucho menos a su hermana. Tan sólo había empezado a darse la vuelta para regresar a su habitación, lo que resultó bastante llamativo, ya que tuvo que ayudarse con la cabeza a causa de su lamentable estado, levantó y golpeó la cabeza contra el suelo muchas veces. Se detuvo y miró a su alrededor. Su buena intención parecía haber sido reconocida; sólo había sido un pequeño sobresalto. Ahora todos le miraban en silencio y con tristeza. La madre estaba tumbada en su silla con las piernas estiradas y apretadas, los ojos casi cerrados por el cansancio; el padre y la hermana estaban sentados uno al lado del otro, la hermana tenía la mano alrededor del cuello del padre.

«Ahora quizá pueda dar la vuelta», pensó Gregor y comenzó de nuevo su tarea. No pudo reprimir el jadeo que le provocaba el esfuerzo y tuvo que descansar de vez en cuando. Además, nadie le apremiaba, todo dependía de él. Cuando hubo completado el giro, comenzó inmediatamente el camino de regreso a su cuarto. Le asombraba la gran distancia que le separaba de su habitación y no comprendía cómo, con su debilidad, había recorrido la misma distancia poco antes, casi sin darse cuenta. Siempre atento a arrastrarse rápidamente, apenas se dio cuenta de que su familia no le molestó con ninguna palabra o exclamación. Sólo cuando ya estaba en el umbral de la puerta giró la cabeza, no del todo, pues sintió que se le agarrotaba el cuello: al menos aún pudo ver que nada había cambiado detrás de él, sólo que la hermana se había levantado. Su última mirada se dirigió a su madre, que ahora estaba completamente dormida.

Kaum war er innerhalb seines Zimmers, wurde die Tür eiligst zuge-drückt, festgeriegelt und versperrt. Über den plötzlichen Lärm hinter sich erschrak Gregor so, daß ihm die Beinchen einknickten. Es war die Schwester, die sich so beeilt hatte. Aufrecht war sie schon da gestan-den und hatte gewartet, leichtfüßig war sie dann vorwärtsgesprungen, Gregor hatte sie gar nicht kommen hören, und ein »Endlich!« rief sie den Eltern zu, während sie den Schlüssel im Schloß umdrehte.

»Und jetzt?« fragte sich Gregor und sah sich im Dunkeln um. Er machte bald die Entdeckung, daß er sich nun überhaupt nicht mehr rühren konnte. Er wunderte sich darüber nicht, eher kam es ihm un-natürlich vor, daß er sich bis jetzt tatsächlich mit diesen dünnen Beinchen hatte fortbewegen können. Im übrigen fühlte er sich verhält-nismäßig behaglich. Er hatte zwar Schmerzen im ganzen Leib, aber ihm war, als würden sie allmählich schwächer und schwächer und würden schließlich ganz vergehen. Den verfaulten Apfel in seinem Rücken und die entzündete Umgebung, die ganz von weichem Staub bedeckt war, spürte er schon kaum. An seine Familie dachte er mit Rührung und Li-ebe zurück. Seine Meinung darüber, daß er verschwinden müsse, war womöglich noch entschiedener, als die seiner Schwester. In diesem Zustand leeren und friedlichen Nachdenkens blieb er, bis die Turmuhr die dritte Morgenstunde schlug. Den Anfang des allgemeinen Hellerw-erdens draußen vor dem Fenster erlebte er noch. Dann sank sein Kopf ohne seinen Willen gänzlich nieder, und aus seinen Nüstern strömte sein letzter Atem schwach hervor.

Als am frühen Morgen die Bedienerin kam – vor lauter Kraft und Eile schlug sie, wie oft man sie auch schon gebeten hatte, das zu vermeiden, alle Türen derartig zu, daß in der ganzen Wohnung von ihrem Kommen an kein ruhiger Schlaf mehr möglich war –, fand sie bei ihrem gewöhn-lichen kurzen Besuch bei Gregor zuerst nichts Besonderes. Sie dachte, er liege absichtlich so unbeweglich da und spiele den Beleidigten; sie traute ihm allen möglichen Verstand zu. Weil sie zufällig den langen Besen in der Hand hielt, suchte sie mit ihm Gregor von der Tür aus zu kitzeln. Als sich auch da kein Erfolg zeigte, wurde sie ärgerlich und stieß ein wenig in Gregor hinein, und erst als sie ihn ohne jeden Widerstand von seinem Platze geschoben hatte, wurde sie aufmerksam. Als sie bald den wahren Sachverhalt erkannte, machte sie große Augen, pfiff vor sich hin, hielt sich aber nicht lange auf, sondern riß die Tür des Schlafzim-

En cuanto estuvo dentro de su habitación, la puerta fue empujada con prisa, cerrada con llave y con pestillo. Gregor se sobresaltó a tal punto por el súbito ruido que se oyó detrás de él que se le doblaron las patitas. Era la hermana que se había apresurado tanto. Inmediatamente se había puesto en pie y había esperado; luego, con pies ligeros, había saltado hacia delante —Gregor ni siquiera la había oído llegar— y había gritado a sus padres «¡por fin!», mientras giraba la llave en la cerradura.

«¿Y ahora?», se preguntó Gregor y miró a su alrededor en la oscuridad. Pronto descubrió que ya no podía moverse en absoluto. No se sorprendió por ello, más bien le pareció antinatural que hasta ahora hubiera podido moverse con esas delgadas patitas. Aparte de eso, se sentía relativamente cómodo. Le dolía todo el cuerpo, pero tenía la sensación de que poco a poco el dolor iba desapareciendo cada vez más y que finalmente se le pasaría por completo. Apenas podía sentir la manzana podrida en su espalda y los alrededores inflamados, que estaban completamente cubiertos de suave polvo. Pensó en su familia con emoción y amor. Su opinión de que él tenía que desaparecer era quizás incluso más fuerte que la de su hermana. Permaneció en este estado de reflexión vacía y apacible hasta que el reloj de la torre marcó la tercera hora de la mañana. Aún percibió el resplandor del amanecer al otro lado de la ventana. Entonces, sin que lo deseara, su cabeza se hundió por completo y su último aliento salió débilmente de sus fosas nasales.

Cuando la sirvienta llegó por la mañana temprano —se le había pedido muchas veces que evitara cerrar las puertas con tanta fuerza y prisa ya que era imposible dormir tranquilamente en todo el apartamento desde su llegada—, al principio no encontró nada especial en su corta visita habitual a Gregor. Pensó que estaba allí echado tan inmóvil a propósito y haciéndose el ofendido; según ella, él tenía todo la inteligencia necesaria. Como casualmente tenía la larga escoba en la mano, intentó hacerle cosquillas a Gregor con ella desde la puerta. Como tampoco en eso tuvo éxito, se enfadó y empujó un poco a Gregor, y sólo cuando le hubo apartado de su sitio sin ninguna resistencia, ella prestó atención. Cuando pronto se dio cuenta del verdadero estado de las cosas, se quedó boquiabierta, silbó entre dientes, pero no se demoró mucho, sino que abrió de

mers auf und rief mit lauter Stimme in das Dunkel hinein: »Sehen Sie nur mal an, es ist krepiert; da liegt es, ganz und gar krepiert!«

Das Ehepaar Samsa saß im Ehebett aufrecht da und hatte zu tun, den Schrecken über die Bedienerin zu verwinden, ehe es dazu kam, ihre Meldung aufzufassen. Dann aber stiegen Herr und Frau Samsa, jeder auf seiner Seite, eiligst aus dem Bett, Herr Samsa warf die Decke über seine Schultern, Frau Samsa kam nur im Nachthemd hervor; so traten sie in Gregors Zimmer. Inzwischen hatte sich auch die Tür des Wohnzimmers geöffnet, in dem Grete seit dem Einzug der Zimmerherren schlief; sie war völlig angezogen, als hätte sie gar nicht geschlafen, auch ihr bleiches Gesicht schien das zu beweisen. »Tot?« sagte Frau Samsa und sah fragend zur Bedienerin auf, trotzdem sie doch alles selbst prüfen und sogar ohne Prüfung erkennen konnte. »Das will ich meinen,« sagte die Bedienerin und stieß zum Beweis Gregors Leiche mit dem Besen noch ein großes Stück seitwärts. Frau Samsa machte eine Bewegung, als wolle sie den Besen zurückhalten, tat es aber nicht. »Nun,« sagte Herr Samsa, »jetzt können wir Gott danken.« Er bekreuzte sich, und die drei Frauen folgten seinem Beispiel. Grete, die kein Auge von der Leiche wendete, sagte: »Seht nur, wie mager er war. Er hat ja auch schon so lange Zeit nichts gegessen. So wie die Speisen hereinkamen, sind sie wieder hinausgekommen.« Tatsächlich war Gregors Körper vollständig flach und trocken, man erkannte das eigentlich erst jetzt, da er nicht mehr von den Beinchen gehoben war und auch sonst nichts den Blick ablenkte.

»Komm, Grete, auf ein Weilchen zu uns herein,« sagte Frau Samsa mit einem wehmütigen Lächeln, und Grete ging, nicht ohne nach der Leiche zurückzusehen, hinter den Eltern in das Schlafzimmer. Die Bedienerin schloß die Tür und öffnete gänzlich das Fenster. Trotz des frühen Morgens war der frischen Luft schon etwas Lauigkeit beigemischt. Es war eben schon Ende März.

Aus ihrem Zimmer traten die drei Zimmerherren und sahen sich erstaunt nach ihrem Frühstück um; man hatte sie vergessen. »Wo ist das Frühstück?« fragte der mittlere der Herren mürrisch die Bedienerin. Diese aber legte den Finger an den Mund und winkte dann hastig und schweigend den Herren zu, sie möchten in Gregors Zimmer kommen. Sie kamen auch und standen dann, die Hände in den Taschen ihrer et-

un tirón la puerta del dormitorio y gritó en voz alta a la oscuridad: «¡Mírenlo, ha reventado; ahí yace, totalmente reventado!».

El matrimonio Samsa se sentó erguido en su lecho conyugal y tuvo que reponerse de su asombro por el estruendo causado por la sirvienta antes de poder asimilar su relato. Entonces el señor y la señora Samsa, cada uno por su lado, se levantaron a toda prisa de la cama, el señor Samsa se echó la manta sobre los hombros, la señora Samsa salió sólo en camisón; así entraron en la habitación de Gregor. Mientras tanto, se había abierto también la puerta del salón, donde Grete dormía desde que se habían mudado los inquilinos; estaba completamente vestida, como si no hubiera dormido nada, también su rostro pálido parecía confirmarlo. «¿Muerto?», dijo la señora Samsa, mirando interrogativamente a la sirvienta, aunque ella misma podía comprobarlo todo e incluso reconocerlo sin examinarlo. «A eso me refiero», dijo la sirvienta y empujó el cuerpo de Gregor hacia un lado con la escoba para demostrarlo. La señora Samsa hizo un movimiento como para retener la escoba, pero no lo hizo. «Bueno», dijo el señor Samsa, «ahora podemos dar gracias a Dios». Se persignó y las tres mujeres siguieron su ejemplo. Grete, sin apartar la vista del cadáver, dijo: «Miren lo flaco que estaba. No había comido en mucho tiempo. Como entraba la comida a su habitación, así volvía a salir». De hecho, el cuerpo de Gregor estaba completamente aplastado y seco, sólo ahora se notaba bien ya que no lo levantaban sus patitas y no había nada más que distrajera la mirada.

«Ven aquí, Grete, un ratito», dijo la señora Samsa con una sonrisa melancólica, y Grete entró detrás de sus padres en el dormitorio, no sin volver la vista atrás hacia el cadáver. La sirvienta cerró la puerta y abrió completamente la ventana. A pesar de lo temprano de la mañana, el aire fresco era ya un poco tibio. Ya estaban a finales de marzo.

Los tres caballeros salieron de su habitación y buscaron sorprendidos su desayuno; se habían olvidado de ellos. «¿Dónde está el desayuno?», preguntó malhumorado el caballero del medio a la sirvienta. Pero ella se llevó el dedo a la boca y luego, apresuradamente y en silencio, hizo señas a los caballeros para que se acercaran a la habitación de Gregor. Se acercaron y luego se quedaron de pie alre-

was abgenützten Röckchen, in dem nun schon ganz hellen Zimmer um Gregors Leiche herum.

Da öffnete sich die Tür des Schlafzimmers, und Herr Samsa erschien in seiner Livree, an einem Arm seine Frau, am anderen seine Tochter. Alle waren ein wenig verweint; Grete drückte bisweilen ihr Gesicht an den Arm des Vaters.

»Verlassen Sie sofort meine Wohnung!« sagte Herr Samsa und zeigte auf die Tür, ohne die Frauen von sich zu lassen. »Wie meinen Sie das?« sagte der mittlere der Herren etwas bestürzt und lächelte süßlich. Die zwei anderen hielten die Hände auf dem Rücken und rieben sie ununterbrochen aneinander, wie in freudiger Erwartung eines großen Streites, der aber für sie günstig ausfallen mußte. »Ich meine es genau so, wie ich es sage,« antwortete Herr Samsa und ging in einer Linie mit seinen zwei Begleiterinnen auf den Zimmerherrn zu. Dieser stand zuerst still da und sah zu Boden, als ob sich die Dinge in seinem Kopf zu einer neuen Ordnung zusammenstellten. »Dann gehen wir also,« sagte er dann und sah zu Herrn Samsa auf, als verlange er in einer plötzlich ihn überkommenden Demut sogar für diesen Entschluß eine neue Genehmigung. Herr Samsa nickte ihm bloß mehrmals kurz mit großen Augen zu. Daraufhin ging der Herr tatsächlich sofort mit langen Schritten ins Vorzimmer; seine beiden Freunde hatten schon ein Weilchen lang mit ganz ruhigen Händen aufgehorcht und hüpften ihm jetzt geradezu nach, wie in Angst, Herr Samsa könnte vor ihnen ins Vorzimmer eintreten und die Verbindung mit ihrem Führer stören. Im Vorzimmer nahmen alle drei die Hüte vom Kleiderrechen, zogen ihre Stöcke aus dem Stockbehälter, verbeugten sich stumm und verließen die Wohnung. In einem, wie sich zeigte, gänzlich unbegründeten Mißtrauen trat Herr Samsa mit den zwei Frauen auf den Vorplatz hinaus; an das Geländer gelehnt, sahen sie zu, wie die drei Herren zwar langsam, aber ständig die lange Treppe hinunterstiegen, in jedem Stockwerk in einer bestimmten Biegung des Treppenhauses verschwanden und nach ein paar Augenblicken wieder hervorkamen; je tiefer sie gelangten, desto mehr verlor sich das Interesse der Familie Samsa für sie, und als ihnen entgegen und dann hoch über sie hinweg ein Fleischergeselle mit der Trage auf dem Kopf in stolzer Haltung heraufstieg, verließ bald Herr Samsa mit den Frauen das Geländer, und alle kehrten, wie erleichtert, in ihre Wohnung zurück.

dedor del cadáver de Gregor, con las manos en los bolsillos de sus levitas algo gastadas, en la habitación ahora bastante iluminada.

Entonces se abrió la puerta del dormitorio y apareció el señor Samsa en su librea, con su mujer de un brazo y su hija del otro. Todos estaban un poco llorosos; Grete apretaba a veces la cara contra el brazo de su padre.

«¡Salgan inmediatamente de mi casa!», dijo el señor Samsa, señalando la puerta sin dejar que las mujeres se alejaran de él. «¿Qué quiere decir?», dijo el caballero del medio, algo consternado, sonriendo dulcemente. Los otros dos se llevaban las manos a la espalda y se las frotaban sin cesar, como en alegre anticipación de una gran pelea, que debía resultar favorable para ellos. «Lo que he dicho», respondió el señor Samsa y caminó en fila con sus dos compañeras hacia el caballero. Éste se quedó callado al principio, mirando al suelo como si las cosas cobraran un nuevo orden en su mente. «Vayámonos entonces», dijo a continuación y miró al señor Samsa como si, con una humildad que le invadió de repente, exigiera de nuevo permiso, incluso para esta decisión. El señor Samsa se limitó a asentirle varias veces con la cabeza y los ojos muy abiertos. Acto seguido, el caballero se dirigió inmediatamente a grandes pasos hacia el vestíbulo; sus dos amigos llevaban ya un rato escuchando con las manos quietas y ahora iban prácticamente a saltitos tras él, como si temieran que el señor Samsa entrara en el vestíbulo antes que ellos y perturbara el paso hacia su líder. En el vestíbulo, los tres tomaron sus sombreros del perchero, sacaron sus bastones del paragüero, se inclinaron en silencio y se marcharon. En lo que resultó ser una desconfianza completamente infundada, el señor Samsa salió al patio con las dos mujeres; apoyados en la barandilla, observaron cómo los tres caballeros descendían lenta pero constantemente por la larga escalera, desapareciendo en cada piso en un recodo determinado de la escalera y emergiendo de nuevo al cabo de unos instantes; cuanto más bajaban, más perdía la familia Samsa el interés por ellos, y cuando, hacia ellos y luego muy por encima, ascendió con firmeza un repartidor de la carnicería, con su carga sobre la cabeza, el señor Samsa no tardó en abandonar la barandilla con las mujeres y todos regresaron, como aliviados, a su apartamento.

Sie beschlossen, den heutigen Tag zum Ausruhen und Spazierenge-hen zu verwenden; sie hatten diese Arbeitsunterbrechung nicht nur verdient, sie brauchten sie sogar unbedingt. Und so setzten sie sich zum Tisch und schrieben drei Entschuldigungsbriefe, Herr Samsa an seine Direktion, Frau Samsa an ihren Auftraggeber, und Grete an ihren Prinzipal. Während des Schreibens kam die Bedienerin herein, um zu sagen, daß sie fortgehe, denn ihre Morgenarbeit war beendet. Die drei Schreibenden nickten zuerst bloß, ohne aufzuschauen, erst als die Be-dienerin sich immer noch nicht entfernen wollte, sah man ärgerlich auf. »Nun?« fragte Herr Samsa. Die Bedienerin stand lächelnd in der Tür, als habe sie der Familie ein großes Glück zu melden, werde es aber nur dann tun, wenn sie gründlich ausgefragt werde. Die fast aufrechte kleine Straußfeder auf ihrem Hut, über die sich Herr Samsa schon während ihrer ganzen Dienstzeit ärgerte, schwankte leicht nach allen Richtungen. »Also was wollen Sie eigentlich?« fragte Frau Samsa, vor welcher die Bedienerin noch am meisten Respekt hatte. »Ja,« antwortete die Bedienerin und konnte vor freundlichem Lachen nicht gleich weiter reden, »also darüber, wie das Zeug von nebenan weggeschafft werden soll, müssen Sie sich keine Sorge machen. Es ist schon in Ordnung.« Frau Samsa und Grete beugten sich zu ihren Briefen nieder, als wollten sie weiterschreiben; Herr Samsa, welcher merkte, daß die Bedienerin nun alles ausführlich zu beschreiben anfangen wollte, wehrte dies mit ausgestreckter Hand entschieden ab. Da sie aber nicht erzählen durfte, erinnerte sie sich an die große Eile, die sie hatte, rief offenbar beleidigt: »Adjes allseits,« drehte sich wild um und verließ unter fürchterlichem Türezuschlagen die Wohnung.

»Abends wird sie entlassen,« sagte Herr Samsa, bekam aber weder von seiner Frau noch von seiner Tochter eine Antwort, denn die Bedie-nerin schien ihre kaum gewonnene Ruhe wieder gestört zu haben. Sie erhoben sich, gingen zum Fenster und blieben dort, sich umschlungen haltend. Herr Samsa drehte sich in seinem Sessel nach ihnen um und beobachtete sie still ein Weilchen. Dann rief er: »Also kommt doch her. Laßt schon endlich die alten Sachen. Und nehmt auch ein wenig Rück-sicht auf mich.« Gleich folgten ihm die Frauen, eilten zu ihm, liebkosten ihn und beendeten rasch ihre Briefe.

Dann verließen alle drei gemeinschaftlich die Wohnung, was sie schon seit Monaten nicht getan hatten, und fuhren mit der Elektrischen ins Freie vor die Stadt. Der Wagen, in dem sie allein saßen, war ganz

Decidieron aprovechar el día para descansar y dar un paseo; no sólo se habían ganado este descanso del trabajo, sino que incluso lo necesitaban desesperadamente. Así que se sentaron a la mesa y escribieron tres cartas de disculpa, el señor Samsa a su director, la señora Samsa a su cliente y Grete a su jefe. Mientras escribían, la sirvienta entró para decir que se iba, porque había terminado su trabajo de la mañana. Al principio los tres, escribiendo, se limitaron a asentir sin levantar la vista, sólo cuando la sirvienta seguía allí, sin marcharse, levantaron la vista enfadados. «¿Y bien?», preguntó el señor Samsa. La sirvienta se quedó en la puerta sonriendo como si tuviera alguna gran fortuna que comunicar a la familia, pero sólo lo haría si la interrogaban a fondo. La pequeña pluma de avestruz casi erguida de su sombrero, que había molestado al señor Samsa desde el primer día, se balanceaba ligeramente en todas direcciones. «¿Y bien, qué desea?», preguntó la señora Samsa, que era a quien la sirvienta aún tenía más respeto. «Bueno», contestó la sirvienta, incapaz de continuar inmediatamente debido a su risa amistosa, «por cómo librarse del trasto de al lado no tiene que preocuparse. Ya está hecho». La señora Samsa y Grete se inclinaron hacia sus cartas como si quisieran seguir escribiendo; el señor Samsa, que se dio cuenta de que la sirvienta ahora quería describirlo todo con detalle, se negó resueltamente con la mano extendida. Pero, como no le estaba permitido contarlo, ella recordó la gran prisa que tenía y gritó, evidentemente ofendida: «Adiós a todos», se dio la vuelta irritada y salió del apartamento dando un terrible portazo.

«Será despedida esta tarde», dijo el señor Samsa, pero no obtuvo respuesta ni de su mujer ni de su hija, pues la sirvienta parecía haber perturbado de nuevo su paz apenas ganada. Se levantaron, fueron a la ventana y se quedaron allí, abrazadas. El señor Samsa se dio vuelta en su sillón y las observó en silencio durante un rato. Luego gritó: «Vengan aquí. Dejen ya las cosas viejas. Y muestren también un poco de consideración hacia mí». Inmediatamente las mujeres le siguieron, se acercaron apresuradamente a él, le acariciaron, y terminaron rápidamente sus cartas.

Entonces los tres salieron juntos del apartamento, algo que no hacían desde hacía meses, y se fueron en el tranvía a las afueras de la ciudad. El vagón en el que iban sentados solos estaba bañado por

von warmer Sonne durchschienen. Sie besprachen, bequem auf ihren Sitzen zurückgelehnt, die Aussichten für die Zukunft, und es fand sich, daß diese bei näherer Betrachtung durchaus nicht schlecht waren, denn aller drei Anstellungen waren, worüber sie einander eigentlich noch gar nicht ausgefragt hatten, überaus günstig und besonders für später vielversprechend. Die größte augenblickliche Besserung der Lage mußte sich natürlich leicht durch einen Wohnungswechsel ergeben; sie wollten nun eine kleinere und billigere, aber besser gelegene und überhaupt praktischere Wohnung nehmen, als es die jetzige, noch von Gregor ausgesuchte war. Während sie sich so unterhielten, fiel es Herrn und Frau Samsa im Anblick ihrer immer lebhafter werdenden Tochter fast gleichzeitig ein, wie sie in der letzten Zeit trotz aller Pflege, die ihre Wangen bleich gemacht hatte, zu einem schönen und üppigen Mädchen aufgeblüht war. Stiller werdend und fast unbewußt durch Blicke sich verständigend, dachten sie daran, daß es nun Zeit sein werde, auch einen braven Mann für sie zu suchen. Und es war ihnen wie eine Bestätigung ihrer neuen Träume und guten Absichten, als am Ziele ihrer Fahrt die Tochter als erste sich erhob und ihren jungen Körper dehnte.

el cálido sol. Reclinados cómodamente en sus asientos, hablaron de las perspectivas de futuro y resultó que, bien mirado, no eran nada malas, ya que los tres trabajos, sobre los que en realidad no habían hablado, eran muy favorables y especialmente prometedores para el futuro. La mayor mejora inmediata de la situación se encontraba, por supuesto, en un cambio de apartamento; ahora querían un apartamento más pequeño y barato, pero mejor situado y, en general, más práctico que el actual, que había elegido Gregor. Mientras así conversaban, el señor y la señora Samsa pensaron casi simultáneamente al ver a su hija, cada vez más animada, cómo ella había florecido últimamente hasta convertirse en una muchacha hermosa y rebosante de vitalidad, a pesar de todos los desvelos que habían hecho palidecer sus mejillas. Cada vez más tranquilos y comunicándose casi inconscientemente entre ellos a través de las miradas, pensaron que había llegado el momento de buscar también un buen marido para ella. Y fue como una confirmación de sus nuevos sueños y buenas intenciones cuando, al final de su viaje, su hija se levantó la primera y estiró su joven cuerpo.

Rosetta Edu

CLÁSICOS EN ESPAÑOL

Esperamos que haya disfrutado esta lectura. ¿Quiere leer otra obra de nuestra colección de *Clásicos en español*?

En nuestro Club del Libro encontrarás artículos relacionados con los libros que publicamos y la literatura en general. ¡Suscríbete en nuestra página web y te ofrecemos un ebook gratis por mes!

Recibe tu copia totalmente gratuita de nuestro *Club del libro* en rosettaedu.com/pages/club-del-libro

Rosetta Edu

CLÁSICOS EN ESPAÑOL

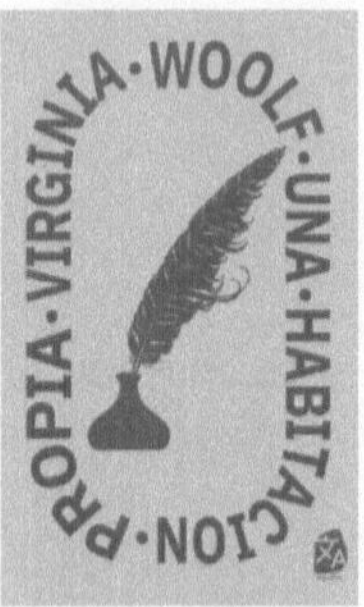

Una habitación propia se estableció desde su publicación como uno de los libros fundamentales del feminismo. Basado en dos conferencias pronunciadas por Virginia Woolf en colleges para mujeres y ampliado luego por la autora, el texto es un testamento visionario, donde tópicos característicos del feminismo por casi un siglo son expuestos con claridad tal vez por primera vez.

Oscar Wilde escribe una sola novela, *El retrato de Dorian Gray*; ésta fue el objeto de una crítica moralizante mordaz por parte de sus contemporáneos que no pudieron ver que dentro de una trama perfectamente compuesta se escondía toda la tragedia del romanticismo. Cien años después no ha perdido su impacto original y sigue siendo un texto fundamental para los debates sobre la estética y la moral.

Otra vuelta de tuerca es una de las novelas de terror más difundidas en la literatura universal y cuenta una historia absorbente, siguiendo a una institutriz a cargo de dos niños en una gran mansión en la campiña inglesa que parece estar embrujada. Los detalles de la descripción y la narración en primera persona van conformando un mundo que puede inspirar genuino terror.

rosettaedu.com

Rosetta Edu

EDICIONES BILINGÜES

En una atmósfera constante de misterio y amenaza, *El corazón de las tinieblas* narra el peligroso viaje de Marlow por un río (sin duda el Congo aunque no es nombrado en el relato) africano. Lo que el marino puede observar en su viaje le horroriza, le deja perplejo, y pone en tela de juicio las bases mismas de la civilización y la naturaleza humana.

Durante décadas, y acercándose a su centenario, *El gran Gatsby* ha sido considerada una obra maestra de la literatura y candidata al título de «Gran novela americana» por su dominio al mostrar la pura identidad americana junto a un estilo distinto y maduro. La edición bilingüe permite apreciar los detalles del texto original y constituye un paso obligado para aprender el inglés en profundidad.

En *La señora Dalloway* Virginia Woolf relata un día en la vida de Clarissa Dalloway, una señora de la clase alta casada con un miembro del parlamento inglés, y de un ex-combatiente que lucha contra su enfermedad mental. La innovación de la novela es la corriente de consciencia: Woolf sigue el pensamiento de cada personaje, siendo excelente a la hora de narrar emociones, asociaciones y sentimientos.

rosettaedu.com